• 衛斯理小說典藏版 24 •

極刑

衛斯理
親自演繹衛斯理
《極刑》

新之又新的序言，最新的

衛斯理小說從第一次出版至今，歷時已近半世紀，總共出了多少正版，還能計得清，若是連盜版一起算，那就算找外星人來算，也算勿清楚哉！不知能不能也算世界紀錄。

算得清好，算勿清也好，能幾十年來不斷出新版，說明不斷有讀者加入，對作者來說，沒有更值得高興的事了，謝謝所有喜歡衛斯理的人，謝謝謝謝。

倪匡

二〇二〇年六月四日 香港

幾句話

寫了四十多年小說，論者將拙作分為三個時期：早、中、晚。在明窗出版的一批，屬於早期和中期的上半。三個時期的創作風格有相當程度的不同，所以風評不一。本人並無偏愛，但讀友對早期的作品，頗有好評，大抵是由於在早、中期作品之中，主要人物精力充沛，活力無窮，所以使故事曲折多變，小說也就格外吸引。明窗出版社此次重新出版這批作品，正好讓大家來證明這一點。

四十餘年來，新舊讀友不絕，若因此而能有新讀友，不亦快哉！

二〇〇五年十一月六日

序言

這個故事，很多人看了，都說「太恐怖」、「太殘忍」了，看得人心中十分不舒服，云云。

可能有這種感覺，由於故事的讀友大都生活在一個進步的、美好的社會中，在那種環境下，人性的醜惡面收斂的程度高，所以故事中所寫的一切，看來就令人不寒而慄。

然而不可不知的是，那些令人不寒而慄的事。是百分之百的歷史事實。凌遲，這種剮刑，最多可以割到兩千三百多刀以上，才令受刑人死去，人對同類的殘虐，竟然可以到達這種地步，難怪衛斯理想為人類行為辯護幾句，可是卻無從啟齒。故事中只是極簡略地寫出了事實的經過，絕沒有文學上的渲染，不然，只寫一項腰斬，至少可以寫一萬字，看得人食不知味（倒胃）、寢不安枕（失眠）！

人類在慢慢進步，太慢了。

人性的特點，形成種種殘暴，施暴者自然是罪魁，但有太多的屈從，也是罪因。中國歷史上有許多活埋數以萬計降卒的記載，這許多萬兵士，明知要被活埋，反正是死，為什麼連奮起反擊的行動（或勇氣）都沒有？真是百思不得其解。

不是有那麼多人屈從，強權也就無所施其技。

先從有反抗起，人類才有希望！

衛斯理（倪匡）

一九八七年四月九日

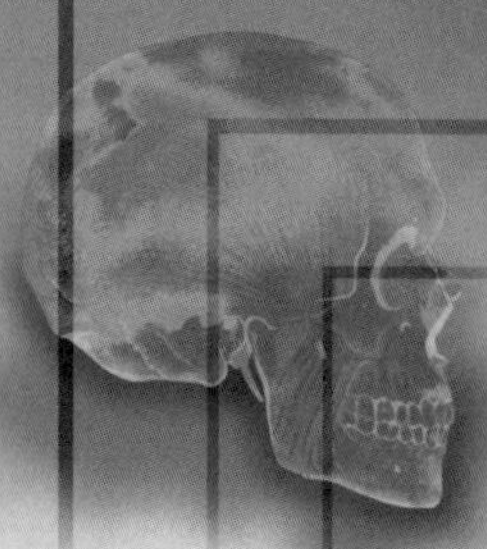

目錄

第一部

在一間特異蠟像院中的經歷

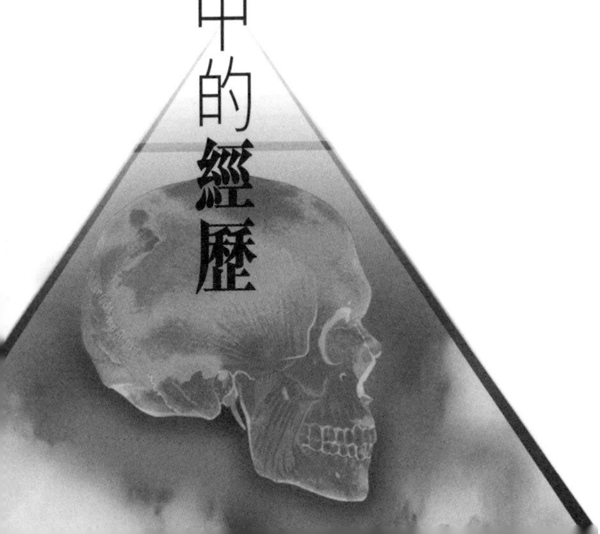

我第一次見到那個人，就覺得有點特異。

通常，若是給人以怪異的印象，不是這個人的外形特異，就是他的行動，有多少不合常規。可是，這個人使我產生怪異之感，卻不是由於上述兩點，而是另有原因。

原因是什麼呢？

還是從第一次見到這個人的時間、地點說起的好：時間是黃昏，地點，在一個蠟像院中。

蠟像院不知是誰首先發明的，把真人大小、用蠟製成的人像，配上真正的服裝，陳列出來，供人參觀。做得好的蠟像，很像真人，所以蠟像院也就使人自然而然聯想起許多詭異、恐怖的事情。

多年之前，就有一部恐怖電影，說一個蠟像院主人，把真人的身體，澆上蠟，成為像真度極高的蠟像，開始，還只不過是利用屍體，到後來，索性把活生生的人浸在溶成液體的蠟汁中，恐怖莫名。

也有一篇著名的小說，寫一個自命大膽的人，和人打賭，可以在專門陳列歷史上著名的兇徒的蠟像院之中過一夜，結果，到了午夜人靜，由於陳列室中的氣氛太譎異，在幻覺之中，這個自以為膽大的人，覺得所有的蠟像都變活了，他並未能安然過一夜，嚇死在蠟像院中。

有關蠟像院的故事十分多，不勝枚舉。

一般來説，陳列的蠟像都分類，有的專陳列歷史上的名人、帝王將相，也有的陳列才子佳人。也有陳列的是現在還在生的名人，也有的，一組一組的蠟像，表示出歷史上著名的事件，例如孟母三遷、荊軻刺秦王等等。也有的，專陳列歷史上著名的兇手。

而我那天去的那家蠟像院，陳列的主題，十分特異：在中國歷史上，死於非命、死得極慘的名人。誰都知道，中國雖然號稱「五千年文明古國」，但是對於處死一個人（執行者和被處死者都是同類，大家都是人！）的花樣之多，堪稱世界之最。

被處死者不論以前多麼聲名顯赫、功績彪炳，也不論在他死後若干年，又被公眾或是史學家認為是氣節過人、英雄蓋世，但是當他在被處死時，他只是一個身體——一個可供各種酷虐的、駭人聽聞的手段作殘害對象的身體。

這個蠟像院的主人，就是我一開始時說及的一見他就覺得他十分怪異的那個。

對於參觀蠟像院，本來我提不起什麼興趣來，我到這座蠟像院，完全是由於我的一個好朋友，陳長青，竭力慫恿的結果。

他參觀了這座蠟像院之後，幾乎每次見到我都要提上一次：「你要去看看，真正值得你去看看，每一個蠟像，都給人以極度的震撼，你叫我說，我也說不出來，可是你真應該去看看。」

開始我只是唯唯以應，並沒有真正去看一看的意思，我好像還回答了幾句話，像「蠟像只是蠟像，大多數的蠟像，甚至稱不上有藝術價值，你感到震撼，多半是由於你太容易受感動了」之類。

陳長青自然對我的話，大表反對：「你沒有去看過，怎能這樣說？」

我笑着：「如果每一件事，都要親自看過才能作準，那還得了，有很多事情，可以憑想像或者憑知識來判斷。」

陳長青依然大搖其頭，我和他之間，類似的爭辯極多，也不必一一記述，不過，有關那個蠟像院主人的介紹，倒使我很有印象。他先向我說了院中陳列的主題，然後道：「這個蠟像館主人，是一個十分有意思的人，他的蠟像院，每天只放一批人進去參觀，絕不是隨到隨看，時間是下午六時到八時，進去的人，還得照他的規矩。」

我不禁失笑：「什麼規矩？」

陳長青道：「進門口是一個客廳，每天六時，他就在那裏等着，參觀的人，先得聽他演說，聽他把為什麼要設立這個蠟像院的目的說明白。不聽他的演說，看不到這些蠟像。」我當時只是聳了聳肩，由於我根本不打算去看，管他有什麼特別的規矩。

那天下午，我偶然經過，看到了蠟像院的招牌，時間恰好六點才過，而我又難得清閒，沒有雜務在身，想起了陳長青的一再推薦，所以就信步走了進去。所以，實際上應該說，我第一次見到這個人，是在蠟像院一進門的一個廳堂中。

當時，約莫已有二十來個人在，都站着，男女老少都有，我進去之後，就在角落處，靠着一根柱子，我打算，如果這人講話乏味，那我就立刻離去，不浪費時間。

當時，他正在對那些人，講他設立這樣一個蠟像院的原因。不單是由於他語音響亮、儀表出眾，而且也由於他講的話，聽起來很有點意思，所以我聽了片刻，就決定留下來，聽他侃侃而談。

他很快就談到了種種殘害人體的酷刑。

主人說道：「一個人肉體上所受的痛苦，只有身受者才能感覺得到，施刑者一點也感覺不到，所以施刑者就可以為所欲為，把種種酷刑，加在受刑者的身上。在地球生物之中，只有人類才有這種殘虐同類的行為，而且花樣如此繁多！我曾花了多年時間，研究人類歷史上的種種酷刑，發現中國歷史上，所使用的酷刑之多，堪稱首位，而且，酷刑的發明者，對於人體的結構，有着深刻的了解，都知道如何才能使受刑者感到最大程度的痛苦！」

當他講到這裏時，神情有點激動，揮着手，額上有細小的汗珠滲出。

他的身形相當高，接近一八〇公分，樣貌也十分神氣，一頭頭髮，硬得像是鋼絲。當時，我根本不知道他是什麼來路，只是聽他在發議論。他所說的話，不算新鮮，我聽到他為了研究各種酷刑，而花了好幾年時間，感到有趣。

我對酷刑一點興趣也沒有，我認為那是人性醜惡面之最，是人類作為一種高級生物的污點，甚至我也可以説，正由於人類歷史上和現在，還存在着對同類施以酷虐的行為，人類不配被當作是一種高級生物。在地球上，人類控制着所有生物，但到了有朝一日，和宇宙間其他的高級生物接觸，除非人類到時已完全摒棄了這種行為，不然，一定會被別的星體生物，目為是一種低級的、野蠻的、未成熟的生物。

正由於我對酷刑一點沒有興趣，而且一想起來就噁心，所以我才對一個專門研究酷刑的人，產生興趣。

當時我這樣想，這個人致力於研究各種酷刑，當他在史實中，看到了那麼多人類對付同類的殘酷行徑，他心中不知有什麼感想？是厭惡得不想再繼續下去，還是津津有味地研究，為了在資料中多發現了一種酷刑而感到興趣？

我本來離他相當遠，距離恰好可以聽到他的聲音，這時為了想更聽清楚些，就向他走近了幾步。而被他的講話吸引了的，顯然不止我一個人，這時，在他的身邊，至少圍了三十人左右，我站得離他最遠。

他在繼續着，並且用一種相當誇張的手勢，來加強他的語氣。

他說：「酷刑，不但要使受刑者感到痛苦，最終的目的，還要奪走受刑者的生命，把受刑者處死，而且，要使受刑者在極度的痛苦之中死亡。對任何人來說，死亡只是一種不可知，既然無從避免，也不會感到太大的恐懼。可是死亡是一回事，在死亡之前，還要遭受難以想像的痛苦，又是另外一件事。」

圍在他身邊，有一個年輕人忽然插了一句口：「殺頭最野蠻了！」

年輕人這句話一出口，有了不少附和的聲音，他卻哈哈大笑了起來：「殺頭最野蠻？我看法恰好相反，殺頭在酷刑之中，大抵可以說最文明。」

他頓了一頓，這個人很有演說的才能，在他略停一停，他知道聽眾的注意力更集中，才繼續下去：「奪取人生命的刑，只是死刑，一定要使受刑者在臨死之前，感受到盡可能最長時間的痛苦的，才能稱為『極刑』，殺頭，頭一離開身體，被殺頭者就死了。」

另一個青年人咕噥了一句：「誰知道一個人的頭被砍下來，要隔多久才會沒有知覺，死亡才會來臨？」

演説者作了一個手勢：「自然，沒有人知道，歷史上，凡被砍了頭的，沒一個能告訴人，他身受的痛苦，到了什麼程度，所以我們也只不過是憑設想，和一些科學根據，來判斷人頭離開身體之後，所受的痛苦，時間上不會太長。」

他竟然用那麼有條理的分析，討論着殺頭這樣的事，我看出有幾個女性聽眾，已經有難以忍受的神情，我也有了噁心之感。

而他顯然還只是開始，他提高了聲音：「用同樣的根據來作判斷，『腰斬』的痛苦程度，一定在『殺頭』之上。」他看到有一名少女，神情上似乎不明白「腰斬」是什麼意思，於是他作了一個手勢，雙手在自己的腰際，用力劃了一下。

然後，他道：「用一柄又大又鋒利的刀，把人的身體，齊腰斬斷，分成兩截，由於人體主要結構，大都在腰部以上，所以，斷成了兩截的人，在一個相當的時間之內，不會立刻死亡——」當他講到這裏時，有好幾個女性聽眾，已經發出了呻吟聲，掩住了口，奪門而出，當然，不準備再參觀這個蠟像院了。

而這個人，對於有人忍受不了他的話而離開的這種情形，像是早已習慣，甚至於連說話的語氣，都未曾停頓一下，繼續道：「對於腰斬，是不是一定要一刀了事，我曾作過研究，結論是一定一刀就要把人的身體斷成兩截，所以這一刀斬下去的位置，十分重要，必須在盤骨之上，在那個部位，人體只有脊骨，所以才能一下子就把人斷成為兩截——」

當他講到這裏時，又有七八個人離場，包括了女性聽眾和三個老年人。

他仍然在講下去：「腰斬自然可以給受刑者極大的痛苦，可是比起『凌遲』來，那又不算什麼了。」

這時，連幾個年輕人也忍不了，一個道：「讓我們進去參觀蠟像吧。」

這個人臉色一沉：「要是連進場前的解釋都忍受不了，那麼，我提議閣下不必參觀了，陳列的蠟像，製作極度認真，只怕閣下的精神，承擔不起。」

那青年人沒有再說什麼，顯然不肯承認自己精神脆弱，沒有離去。

我在那時候，也有點不耐煩，自然，我可以選擇離去，不過這個人的話，多少有吸引人之處，何況到了這時候，我倒也真想看一看那些蠟像，所以我沉聲說了一句：「請長話短說。」

他抬頭向我望來。

我進來的時候，他已經在開始演說，我站得相當遠，他根本未曾注意，如果不是我講了一句話，他根本不會望向我。

不過，這時，他一望我，就怔了一怔，那種反應，十分明顯，所以令得他身前的幾個人，也一起轉頭向我望了過來。

我也望着他，他看了我好一會，至少有十多秒，才把視線收回去，然後，又想了一想，才道：「好的，長話短說，不過，我要把我想講的話講完。」

我輕輕鼓了幾下掌，表示並不反對。他向我點了點頭：「我剛才已說了不少，主要想說明，一個人肉體上的痛苦，別人感受不到，在很多情形之下，一個人面臨死亡，他精神上的痛苦，遠在肉體痛苦之上。譬如說，一個有理想有抱負的民族英雄，卻被冤屈為賣國賊，而遭受極刑，在臨刑之際，他的精神狀態是在一種什麼樣的痛苦狀態之中？」

一個年輕人低聲道：「沒有人知道。」

他陡然提高了聲音：「不，可以給其他人知道，肉體上的痛苦沒有感染作用，但是精神上的痛苦，卻有着巨大的感染力量。」

他講到這裏，向我望來。我只覺得他所說的話，愈來愈玄，而且，我全然無法明白他究竟想說明什麼。

他的神情，陡然激動起來：「正因為精神上的痛苦可以感染，所以才有藝術，古今中外，人類不知創造了多少藝術作品，都在不同的程度上，給他人以強弱程度不同的感染，我這個蠟像院中所陳列的，全是在臨死之前有巨大的精神屈辱的一些人，我認為，他們的真正痛苦，可以通過蠟像的表達方法而感染他人。」

一個年輕人有點不很相信：「通常，蠟像並不能算藝術作品。」

這個蠟像館的主人忽然之間生起氣來：「小朋友，看了之後再說！」

這個人，我一直只注意到他的外型，並沒有注意他多大年紀。直到這時，他叫了一聲「小朋友」，我才開始留意了一下。

這個人究竟有多大的年紀呢？大概介乎四十歲至五十歲之間，難以有正確的判斷。我這時多少已經知道了他的用意，看來，他並非是在介紹他館中的蠟像如何逼真，如何有藝術價值而已。

他還在繼續着：「自然，他人受到的感染再強烈，也不及身受者的千分之一或萬分之一，除非有一個人，他的遭遇和受刑者一致，可能完全體會到受刑者的痛苦！其實，單是遭遇一樣，也不能完全感受到，必須這個人的思想，是和受苦者一樣才行！」

他講到了這裏，才深深地吸了一口氣，停了下來，他還是沒有請人進去參觀的意思，而是用眼神在詢問各人，是不是有什麼問題。

這時，剩下來的人只有十五六個，絕大多數，都是年輕人，居然還有三四個女性在內。其中一個女青年問：「請問，被釘在十字架上的耶穌，是不是和館內的陳列蠟像有着共通點？耶穌為了拯救世人，在極度的痛苦中死亡，而各類表現他釘在十字架上的藝術品，也可以給予觀賞者以不同的感染力。」

那人「嗯」地一聲：「問得好，可以說，有共通點，但是裏面陳列的，看起來更直接。」

他說到這裏，伸手向內指了一指：「請進！」

年輕人大多數比較性急，立時一擁而入，我正想進去，門外又有兩個人走了進來，卻被那人不客氣地阻止了：「明天再來，六點，不能遲過六點零五分。」

那兩個人有點悻然，轉身離去。他來到了我的身前，向我伸出手來：「真高興見到你，衛斯理先生！」

當他第一次向我望來，一看到了我就發怔，我就知道，他一定認出我是什麼人，所以這時他這樣說，我也不覺得什麼驚奇，我和他握了握手，他自我介紹：「我姓米，單名端，端正的端。」

對於這個名字，我一點印象也沒有，所以我只是道：「米先生，你剛才的說話，十分精彩。」

米端苦笑了一下，神情之中，有一種真正的苦澀，他道：「請進去參觀，希望你能產生的感受，比別人強烈。」

我一面向前走去，一面道：「希望我對於陳列的蠟像，有所認識，那樣，或許會通過藝術造型，有所感觸。」

米端道：「認識的，你一定全認識！」

我推開了一道門，米端好像是跟了進來——我說他「好像」跟了進來，只因為門一推開，我已經被裏面的情景驚得怔呆了。

首先我看到的，是那十來個參觀者目瞪口呆的神情。若是可以令那麼多人，同時現出這樣的神情，那麼他們所看到的情景，一定十分駭人。

我只是略轉了一下頭，就看到了令那麼多人震駭的情景。

我以前也曾經參觀過一些著名的蠟像院，雖然蠟像做得逼真，但絕不會叫人以為那是真人。

可是這時，別說是第一眼，感到那是真人，就算盯着看，仍然覺得那不是蠟像，而是真人！

第一個房間，約莫三十平方公尺大小，只有兩個蠟像。

一個，被綁在一根柱子上，全身幾乎赤裸，在他身子上，被一種類似漁網狀的東西，緊緊地勒着，使得他的肌肉，一塊一塊，在網眼中凸出來，那凸出來的肌肉，給人以極強的有彈性之感。

這個人的身上，已經有不少傷口，血自傷口中在流出來——是真正有血在流出來——這也是為什麼看起來那麼像真的原因，那可能是一個簡單的機械裝置，使蠟像有紅色的液體流出，就像是人體受傷時一樣，血順着人體流下，流到了地上的一個凹槽中，再被吸上去，這樣周而復始地流着。

這個人身上的傷處極多，有的傷口，一時之間，看不出是什麼造成的，但有的傷口，一看就知道是什麼形成的：凸出在網眼外的肌肉，被利刀削去！有的傷口是一片鮮紅，赤裸裸的肌肉，似乎還在因痛苦而顫動。

有的傷口，且已模糊，有的傷口，血珠子在沁出來，十幾滴，沁出來之後，聚成一團，往下淌着。那種血向外沁流的情形，如此真實，令得看到的人，身上同樣的部位，也是涼浸浸的感覺。

在那個人身邊的是另一個人，穿著十分奇特，手中拿着一柄形狀古怪、略呈彎形，又薄又鋒銳的利刀——這柄刀當然是真的刀，一看就可以叫人感到它的鋒利程度。

這柄利刀的刀刃，有一半，正切進那個被網勒着的人，在網眼中凸出的肌肉中，同樣的，也有鮮血，奪目的鮮血沁出來，順着刀尖向下滴着。

執刀者的神情，極其全神貫注，彷彿他在切割的不是一個活生生的人，而是在用一柄利刃，雕刻什麼沒有生命的材料，要使之成為一件藝術品。

而真正令人吃驚的，是那個受刑者面部的神情，那是一張什麼樣的臉！所有人的臉，構造和組成的部分全一樣，無非是眼耳口鼻，再加上肌肉皮膚，可是，結構和組成的部分相同的臉，卻可以有數以萬計的形狀變化，還可以有更多幾千倍的神情變化。

那個受刑者的神情，真是叫人吃驚，我從來也未曾在一個人的臉上看到如此受了冤屈，如此憤然不平，如此把所有內心的痛苦都集中在一起的神情過。他的雙眼睜着，使人感到他的雙眼中，有一股力量，要把世上的一切全都化為飛灰。他的口不是張得很大，但卻可以使人感到彷彿聽到他發出的充滿了憤怒和痛苦的呼叫聲。

陳列室中人雖然不少，可是卻靜到了極點，沒有一個人發出聲響，在那麼寂靜的境地之中，我恍惚聽到了鮮血滴在地上的聲音，也恍惚聽到了那受刑者發出的呼叫聲，那簡直是來自地獄的聲音，這種聲音，或許不能刺激人的聽覺神經，但是卻可以令得人體內的每一根神經，都感到他的力量。

我真正呆住了，這個受刑人，對他肉體上所受的痛苦，似乎根本未曾放在心上，雖然他臉上有着極痛苦的表現，但那種痛苦，絕不是來自他身上的肌肉正在被利刃一片一片削下來，而是來自他內心的深處。在他的內心深處，有着極度的悲慟，他的那種眼神，清楚地使人感到了他內心的哀痛，和他正在發出什麼樣的嘶叫聲。

他不是在叫痛，而是在叫出他心中的悲憤，叫出他心中的不明白，叫出他對命運的投訴，叫出他心中所懸念的一切。

我甚至立即知道了這個受刑者是什麼人，雖然一無文字說明，但是我立刻知道了這個受刑者是什麼人。也正因為如此，我記憶中有關這個人的一切事蹟，在剎那之間，都湧了上來，也更使我感到了震撼。

正如米端所說，精神上的痛苦可以感染，他也說得對，感染再強烈，被感染者和身受者還是完全不同，身受者的感覺，要強烈一千倍，一萬倍。

然而，知道身受者的背景，所受到的感染，也會強烈得多。我這時，已無暇去注意別人的反應，只覺得自己血流在加速，甚至暈眩。

那個受刑者的臉上，有着那樣令人震撼的神情，自然是有他的原因，他一定是明朝末年的大將袁崇煥。雖然歷史上受過凌遲處死這種極刑的人有許多，也有很多十分出名，但是我可以肯定，這個受刑人不會是別人，一定是袁崇煥。這個把自己所有的能力，都貢獻在和強大敵人鬥爭的民族英雄，而結果，他受刑的罪名，卻是通敵叛國，漢奸！

英雄不會怕死亡，即使是凌遲處死，也不會怕！

（「凌遲」這種酷刑的執行方法是劊子手至少要割一千刀，多至兩千刀，在受刑人未曾被割上一千刀之前，受刑人要是死了，劊子手有罪。發明這種酷刑的人，目的自然是要受刑者多受肉體上的痛苦，但是，真正的英雄，其實並不怕肉體上的痛苦。想出這種酷刑的人，顯然不了解英雄的精神面貌。）

而根據歷史上的記載，袁崇煥在行刑之前，民眾盲目地以為他真是通敵的漢奸，而紛紛撲上去，去咬他的身子，把他的肉咬下來，蠟像上許多並非刀傷的傷痕，血肉模糊的傷口，自然全是人的牙齒所造成的。

群眾的盲目竟然可以到達這種程度，這實在是人類是否能劃入高級生物之列的最大疑問！

袁崇煥在受刑之際，感到的不是肉體上的痛苦，而是精神上的痛苦、被冤屈了的痛苦、失敗的痛苦、被命運作弄的痛苦、無可奈何絕望境地的痛苦、控訴無門的痛苦、恨不能自己的身子化成飛灰去換取理想實現而又不可能的痛苦……

這種精神上所有痛苦集中在一起，給人以巨大的震撼，會使人忍不住身子發顫！

房間中從極度的寂靜，變得漸漸有了聲響，那是呼吸聲——一看到這種景象，人人都屏住氣息，但漸漸地，就變成了急促的呼吸，而且呼吸愈來愈急促，到後來，簡直是在大口喘氣，人人都不由自主，在大口喘氣。

我也不能例外，然後，又有了哭泣聲，那幾個女青年已經情不自禁哭了起來。有幾個男青年也流着淚，然後，又是一陣骨節摩擦所發出來的「格格」聲，那是好幾個男青年緊緊捏着拳頭，所發出來的聲響。

儘管大家對袁崇煥這個人的遭遇，都很清楚，但是這樣活生生的情景，呈現在眼前，文字的功力再高，也難及萬一。讀歷史使人扼腕，這時，簡直使每一個看到這種情景的人，都感染到了那種精神上的痛苦——就算程度深淺不一，也一定是一生中最深刻的一次。

我勉力使自己鎮定，而且，立即想到了一個問題：塑造這個蠟像的人是誰？這簡直是偉大到了極點的藝術品，我一定要見見把這麼巨大的震撼力量，溶進了他作品之中的那位藝術家！

當我想到了這一點，才轉動頭部，四面看去，直到轉頭時，我才發覺我一直盯着在看，一動也沒有動過，以至頸骨都有點僵硬。

轉過頭去，我看到米端直挺挺地站在房間一角，也望着那令人震懾的情景。

我想向他發問：誰是那偉大的塑像家？

這個問題，根本不必問，就有答案：當然是米端的創作！

這時，我還盯着米端在看着，我可以肯定，創作塑像的是他。

米端這時正向受了塑像震撼的那些參觀者，用相當低沉的聲音道：「各位，可以到下一個陳列室去繼續參觀。」

三個女青年流淚滿面地向他望來，一個問：「其餘的陳列室中所陳列的……」

米端的語調十分平靜：「大同小異，人類亘古以來的痛苦，英雄的悲劇，雖然各有各不同的環境和歷史背景，但是本質一致，這間陳列室中，所表現的是冤屈的憤怒和無告的絕望。」三個女青年互望了一眼，一個低聲道：「夠了，我們不……不想再看下去……夠了。」

她們一面說，一面向外走去，米端並沒有想要留她們下來的意思，只是道：「如果想多一點知道袁崇煥的背景，我願意推薦金庸所寫的《袁崇煥評傳》。」

三個女青年一面點着頭，一面疾步而出，她們來到門口，又不約而同，回頭向塑像望了一眼，這一望，使她們至少又呆了兩分鐘之久，才奪門而出。

我在這時才注意到，在這間陳列室中，我們已停留了將近半小時。

在感覺上，這半小時簡直像是幾秒鐘，由於全副心神都被所見的景象吸引住了，所以根本不知道時間是怎麼過去的。

米端推開了另一扇門，門外是一條走廊，我第一個跟在他的後面，其餘人也跟了出來。

走廊十分窄，只能容一個人走，走在最前面的米端，步子十分慢，而又絕無放棄領先地位的打算，所有人也只好慢慢跟在他後面。

我想，米端走得那麼慢，是故意的。目的是使參觀者有一段時間，使心境平靜，到另一個陳列室，去接受新的震撼。

走廊並不太長，但也走了將近五分鐘，沒有一個人講話。

米端終於推開了另一扇門，他在門口停了一停，深深地吸了一口氣，走了進去，我跟着進了，看到了這間陳列室中的蠟像，也是兩個，兩個卻都是受刑人，劊子手被省略了。

兩個受刑人，一個已經身首分離，那是一個年輕人，才不過二十出頭，離開了身體的頭部，雙目緊閉，倔強不屈，在斷頭處，和他的身體上，都有鮮血在冒出來。

由於情景的逼真，幾乎使人可以聞到濃烈的血腥味。

而另一個受刑人，則正當盛年，他側着頭，看着已經身首分離的青年，一柄利刀，已經切進了他頸際一小半，鮮血開始迸流，可是他卻只是望着那年輕人，在他的眼神之中，有極度深切的哀痛，他口部的形狀，可以叫人感到他是竭力克制着口唇的顫抖——自然，他嘴唇也不能再顫動多久，一秒鐘之後他也會身首分離。受刑人的那種深邃無比的悲痛，和袁崇煥雖然一樣，但是又給人以新的、強烈的感受，只覺得這種悲痛，如此深切，幾乎盡天地間一切力量，也不能使之減輕半分。悲痛和可以減輕悲痛的力量比較，悲痛是無窮大。

等到所有人都進來了，悲痛立時感染了每一個人，那已被刀切進了脖子的受刑人，在悲痛的神情之中，甚至帶有一定成分的平靜，然而這種平靜，卻又加深了他內心精神悲痛的程度。

好幾個人不由自主張大口，可以吸進多一點空氣，眼前又是歷史上著名的悲劇：南宋抗金名將岳飛、岳雲父子，在「莫須有」一詞之下，同時遇害的情景。

塑像中岳飛在利刃架頸的時刻，望向他的兒子，讓兒子先於他人頭落地，只怕也是酷刑更殘酷的設想之一。

當時真正的情景是不是這樣子？又為什麼不可以是這樣子？藝術家可以有豐富的想像力，如果當時情形，確如此際展現在眼前，那麼這位面對着強大的敵人、面對着敵人的千軍萬馬毫無畏懼地衝鋒陷陣的英雄，在眼看着他自己的兒子——當他還是一個十二歲的少年，就從軍抗敵，經歷了十年沙場上的征戰而未曾喪失生命，卻在自己人的刀下，身首異處，他的心中會想到什麼呢？

悲痛！當然只有無邊無涯的悲痛，所以他的神情才會顯示出來。

或許，他也會在自己人頭落地的那一剎間，在他還能思想的那一剎間，在他生命終結之前的那一剎間，想到為什麼這樣的事會發生？公平、正義、正直、勇敢，一切美好的名詞所代表的意義究竟是什麼？還是在人類的行為之中，根本沒有那些名詞所代表的行為？還是堅持這些行為的，必然會遭到如此悲慘的下場？

鋼刀已然切進了頸項，他能思考的時間不多了，鮮血已經湧出來，他三十九年的生命結束，他甚至不知自己死於什麼罪名，只知道自己一直在做着應該做的事情，或許，他會在最後一剎間覺得：這就是生命，生命本來就是如此可悲！

從塑像那麼深邃的悲痛神情之中，不知可以使人聯想起多少問題，好幾個年輕人發出了哽咽聲，我在至少二十分鐘之後，才能勉力鎮定心神，把視線從塑像移開，落向米端的身上。

米端和上次一樣，仍然佇立在陳列室的一角，一動不動。

我輕輕叫了他一聲，他轉過身來，仍然用那種只要用心聽，就可以聽出那多半是強裝出來的平靜的語調道：「岳家父子的事蹟，大家一定都十分熟悉，下一個陳列室……」

有五六個青年人一起道：「我們……不準備……再參觀下一個了。」

米端作了一個「悉隨尊便」的手勢，那幾個年輕人腳步沉重地走出去。我本來很想留住他們，問一問他們看了這樣的情景，究竟有什麼感受。但看到他們那樣沉重的腳步，也就不忍心再去打擾他們。而且，還有三個年輕人留下來，我想，等一會，再問這三個青年也一樣。

誰知道，在米端帶着我們，又經過了一條走廊，一打開第三間陳列室的門，那三個青年人，不約而同，齊齊發出了一下慘叫聲，掩面轉身，腳步踉蹌地向外就逃。

我也幾乎有立時離開的衝動，可是我卻要自己留了下來，儘管強烈的、想嘔吐的感覺如此難以遏制，以致我不由自主，發出了十分乾澀的呻吟聲。

一進入第三間陳列室，一陣血腥味，撲鼻而來，那一定是真正有這種氣味在，而不是感覺上的。雖然眼前的情景，也足夠可以使人感到有血腥味。

一個人，倒在地上——並不是整個人倒在地上，而是分成了兩截，倒在地上，齊腰被斬斷。

腰斬！

令人起強烈嘔吐感的，還不是不斷在冒出來的、濃稠鮮紅的血，也不是狼藉在血泊之中，幾乎分不出是真是假的內臟，而是那個人的下半截身子，應該已經靜止不動——實際上也是靜止不動，可是仍使人感到它在顫動，在極度痛苦之中顫動！

至於這個人的上半截，由於表達出來的動感如此之甚，在看到的人，神經受到強烈的震撼之後，看上去，像是他臉上的肌肉，正在不斷地抽搐。

他的手，更像是在動，是的，他的手，手背上的筋，凸起老高，由於血在迅速大量流失，手已變得乾枯，他左手用力撐着，令得只剩半截身子的他，頭可以仰得更高，而他的右手滿是血，血是從他身體內流出來形成了一個血泊處蘸來的，他用蘸來的血在寫字，已經寫了一個，正在寫第二個。

已經寫了的一個是「篡」字，看來，第二個要寫的，還是那個「篡」字。

他那在寫字的手，彷彿在抖動，他雙眼緊盯着自己要寫的字，看起來像是要把自己生命之中，最後一分氣力，貫徹進他寫的字中。

我只感到自己面部的肌肉，也不由自主在抽搐，啊啊！有野史記載着，他一共寫了十二個半「篡」字，現在才第二個。

這時，他在想什麼呢？他應該知道，至少還要有幾百人，會因為他的行為，而跟着死亡，滅十族：連學生都不能倖免！

（他在那時不會知道正確的被殺人數，後來，證明被殺者有八百七十餘人，不論是男是女，是老是幼，甚至是嬰兒，都不能倖免，八百七十餘人，完全無辜！只不過因為他們和這個受刑人有人際關係而已。）

而他，明知道，自己不肯為新皇帝寫登極詔書，會有這樣的結果，他還是作了這樣的選擇，為什麼呢？總有一種信念，在支持着他的行為。看他這時的神情，憤怒之中，帶着鄙視，那種鄙視，自他的眼神中可以找到，自他的口角上可以找到，甚至在他的眉梢中也可以找得到。

支持他寧願選擇這樣可怕的下場的信念是什麼呢？叔父做皇帝，還是侄子做皇帝，對他來說，又有什麼大關係呢？

可是，他就是那樣固執，到了生命的最後一刻，還在堅持他的信念，認為新皇帝的行為不對，應該受到譴責。

他所譴責的，看來不單是帝位之爭，而是信念之爭，是維護正當，譴責不正當之爭。叔父把帝位從侄子的手中搶奪過來：篡！

凡是用不正當的手段取得什麼的行為，都可以包括在內，上至用武力把本來屬於老百姓的權力化為己有，下至剪徑的小毛賊，甚至也可以包括一切巧取豪奪的行為，一切心靈上醜惡的想法，一切人類醜惡的行為在內。

唉，方孝孺被斷成了兩截，奮起最後一剎那的生命，寫下那十二個半「篡」字，是不是不僅在譴責新皇帝，也譴責了一切人類的醜惡行為？

從他痛苦中的鄙視神情來看，他對人類醜惡的行為，充滿了不屑和鄙視，他堅持了信念，卻遭到了如此的極刑，怎能叫他對人類再有尊敬之心？

這一次，我想得更多，也立得更久，當我終於深深吸一口氣，去看米端時，米端也正在深深吸氣，他先開口：「到今天為止，能參觀完四個陳列室的人，只有三個，希望你能成為第四個。」

我聲音木然：「哦，還有一間？」米端點了點頭，向外走去，我心中在想，已經看到過的三間陳列室，所見到的情景如此怵目驚心，第四間至多也不過如此了，所以，我立即跟在他的後面，依然是狹窄的走廊，米端也一樣走得很慢，所不同的是這次他一面走，一面在說話。他道：「在進入第四間陳列室之前，我照例要徵求參觀者的同意，肯定他是不是真的想參觀……」

我吸了一口氣：「我找不到不想參觀的理由。雖然參觀你創作的那些藝術品，受到巨大的震撼，那種不舒服的感覺，不知會在心中停留多久，可是我還是想繼續看下去。」

館主聽得我這樣說，略停了一停，但是並沒有轉過身來：「你知道那些人像全是我的作品？」

我道：「我的推測。」

他沒有再說什麼，沉默了片刻，我跟在他的後面，也無法看到他的神情，自然也無從知道，片刻的沉默，他心中在想些什麼。

接着，他就全然不再提及這個話題：「剛才你看到過的情景，其實還不算是人生際遇之中最悲慘的。」

我吃了一驚，一時之間，對他這種說法所能作出的反應，只是「啊」地一聲。

他又道：「他們所受的酷刑，對受刑人來說，痛苦相當短暫，即使是淩遲，大約也不會超過三個小時。」

我發出了一下類似呻吟的聲音，對他的話表示不滿：「三個小時，每十分之一秒都在極度的痛苦衝擊之中，什麼樣的三個小時！」

米端悶哼了一聲：「還有更長的，譬如說三天，三個月，三年，甚至三十年……」

我道：「你是指精神上的折磨和殘虐？」

米端道：「肉體上和精神上，雙重的殘酷。」

我吸了一口氣：「那就不是……死刑了？死刑是一直被認為是極刑。」

米端的身子顫動了一下，他的聲音也有點發顫：「不見得，死刑，不論處死的方法多麼殘酷，痛苦的時間總不會長……」

他說到這裏，又頓了一頓。

我陡然之際，想起中國歷史上幾樁有名的、對人的殘酷虐待的事情，不禁打了一個冷顫，失聲道：「第四間陳列室……不會是一個女士吧？」

米端忙道：「不，不，不是她，我知道你想到的是誰，不是她。」

我苦笑了一下，我想到的是被斬去了手和腳，被戳穿了耳膜，被刺瞎了眼睛，又被灌了啞藥的一個女性，這個女性受了這樣的酷刑，頭腦還是清醒的，生命並沒有被立時奪走，當她被放在廁所之中，繼續活下去時，尚能活動的腦部，不知道會在想什麼？想想也令人遍體生寒！

（這件事，發生在漢朝，被害人是漢高祖的寵姬戚夫人，害人者是呂后，歷史上有明文記載。而漢朝，正是中國歷史上的黃金時代，大多數中國人，都是漢人，可見得「漢」字是一種光榮的代表。）

我不由得更是緊張：「比……這位女性的遭遇還更慘？」

這時，已來到了第四間陳列室的門口，我突然道：「讓我再來猜猜，我會見到什麼人！」

米端直到這時，才轉過頭向我望着：「誰？」

他自然是想我猜，我略昂起了頭，自然而然，神情苦澀，因為在中國歷史上，可供作為第四間陳列室主角的人，實在太多，隨便想想，就可以想出幾百個，甚至幾千個！他們曾受過各種各樣的酷刑，而他們絕不是罪有應得，相反地，受刑人沒有罪，施刑人才有罪。

可是，一直是這樣在顛倒着，自古至今，一直在這樣顛倒着！

是的，自古至今：別以為種種酷刑，只有古代才有，就在十多年前，因酷刑致死致殘的人，就數以百萬計。聽到過什麼叫「銅頭皮帶」嗎？是又寬又厚的皮帶，配上生銅的厚重的帶扣，抽打在六十歲老人的身上，就能把人活活抽死！

在眾多的受刑者中，我實在無法確定一個，我情緒極度低沉，不但感到戰慄，而且感到恥辱：人類的性格行為，竟然那麼可怕！

我感到喉嚨發乾，嘆了一聲，心中想，應該有人，把歷史上發生過，或正在發生的種種人類酷虐同類的行為，好好記錄下來。

一想到這一點，我自然而然，想起了一個歷史上著名的人物，他，一定就是他，是第四間陳列室中的主角，一定是！

我緩慢而深長地吸了一口氣，然後才一字一頓地道：「司馬遷！」

米端一面點頭，一面道：「你第一個在門外猜中了會見到什麼人。」

我一點也不因為猜中了而心裏高興，相反地，更加不舒服，以致我講起話來，聲音相當啞：「想想他的遭遇，真不知那是一種什麼樣的痛苦，而且，正如你所說，他的痛苦，是那麼久遠。」

米端的反應，出乎我的意料。

任何知道司馬遷這位偉大史學家遭遇的人，在談及他的不幸遭遇時，自然都會嗟嘆唏噓，都會同情。可是米端反應之強烈，超越了常理。

他一聽得我這樣說，臉上立時現出了痛苦和屈辱交織的神情，那種被極度的侮辱和傷殘的痛苦，如此之強烈，彷彿接受宮刑的不是司馬遷，而是他本身。

在那一剎間，我只是驚駭莫名地看着他，他也立時驚覺了自己的反應太過強烈，連忙轉過身去，然後，喘了幾口氣，語音恢復了平靜：「進去看看吧。」

米端推開了門，我一眼就看到了那塑像。我不詳細敘述那塑像的情形了，那是正受完了刑之後。塑像的頭向上微仰着，並不望向自己的傷口，而是望向極遙遠的地方。

自然，在刑室中，他不可能望得太遠，他至多只能看到濺滿了鮮血的牆，可是他雙眼之中的那種空洞和絕望，卻叫人感到他在望向極遙遠之處，甚至越過了天空的障礙，一直望向宇宙的深處！

他在這樣的精神和肉體的雙重屈辱中，正在想什麼？看他的樣子，一定在想，他在想以後怎麼活下去？他有沒有想到過結束自己那痛苦的生命？

要是活下去，怎麼活呢？一天十二個時辰，每一刻每一分，都要在身上受無邊痛楚的煎熬，這樣子的生命值得再擁有嗎？

他是不是這樣想：我犯了什麼罪，要受這樣殘酷的酷刑？真的，他做了什麼呢？為他的一個好朋友辯護了幾句，惹得皇帝生了氣，於是，他的噩運就降臨了。有一種人的身分叫「皇帝」，他一個人動一動念，就可以決定另一個人，另十個人，另一百個人，另一千一萬十萬百萬人的生或死，他可以隨心所欲，把種種酷刑加在其他人的身上。只要有這種身分的人在，只要有這種事實在，人類就不能算是高等生物！

塑像的被侮辱感，是由於感到了他作為一個人，已經是一種侮辱？

我盯着塑像看了很久，才緩緩轉過身來，緩緩搖着頭：「夠了，真的夠了，我不希望再有第五間陳列室。」

米端苦澀地道：「讀過他所寫的《報任少卿書》的人，都可以知道他受刑的經過，在文字中看不出他身受的極度痛苦，或許是他故意掩飾——身心所受的痛苦，要故意掩飾，那使痛苦的程度，又深了一層。」

我點頭，表示同意他的説法，同時道：「我想……去透透氣。」

米端指着另一扇門：「從這裏出去，是一個院子，穿過院子，就是另一條街。」

我當時只想離開陳列室，心想，米端一定會跟出來，所以也沒有作特別的邀請，就循他所指，急急走了出去，一到了外面，先深深地吸了一口氣。

天色已經完全黑了，城市的燈光在黑暗中閃爍，正是仲秋時分，風吹上來有點清涼，把我來自內心的燥熱驅散了不少。

回想剛才在蠟像院中的那兩小時，簡直是做了四場可怖之極的噩夢。

我在院子中站了一會，果然看到米端也推開了那道門，慢慢地來到我的身邊。

我揮了一下手：「你的藝術造詣如此之高，只做蠟像，真是太可惜了，我敢説，這些人像，是人類藝術的無價之寶。」

他低嘆了一聲：「用什麼材料，沒有分別，我覺得蠟更容易處理，所以就製造蠟像……我不敢稱自己的作品為藝術，因為它們只表達人類的痛苦，而不能表達人類的歡樂。」

我興奮起來：「你能表達痛苦，就一定也能表達歡樂。」

他抬起頭，向我望來，像是想說什麼，但是卻又沒有發出聲音，接着，他現出一個無可奈何的苦笑，沒有就這個話題再說下去，只是在院子中來回走動了幾步：「衛先生，我看過你不少的記述。」

這大約是我聽過最多的一句話，我照例只是攤了攤手，微笑一下，算是作答。

米端卻現出了猶豫不決的神情，我看出他是想講什麼而又在躊躇，就道：「你要說什麼，只管說，我們雖然第一天認識，但是我非常高興有你這樣的朋友。」

米端聽得我這樣說，神情略現激動，「呵呵」了兩聲：「我想請衛先生幫……一個忙。」

我回答得爽快：「只管說。」

在這樣的情形下，他要我幫什麼忙，應該立刻說出來了。

可是米端卻立即改口道：「我的意思是，日後，我會請你幫一個忙，你答應得那麼痛快，我實在衷心感激。」

我心中嘀咕了一下，米端的行為，不是令人感到十分愉快。他不把要我做什麼說出來，卻又向我先道了謝，那等於說，不論何時，他提出什麼要求，我都要答應他。

不過，剛才看到他的作品，實在給我太深刻的印象，就算他的行動不近情理，倒也可以原諒，所以我心中不快一閃即過，只是笑了笑：「米先生，你是在哪裏學製作蠟像的？」

米端道：「我自小就喜歡，算是無師自通。」

我又道：「像你這樣的作品，應該介紹出去給全世界知道，我認識不少藝術界的朋友……」

我話還沒有說完，他已連連搖手：「不，不必了，我不想出名……我的目的，只不過是想借那些人像……來表達人類的苦難，在很多情形之下正是人類自己造成的。由一些人強加在另一些人身上。」

我覺得他有點答非所問，我道：「如果你有這種想法，就應該讓更多人看到你的作品。」

米端搖着頭：「只怕看到的人，不會像你那樣，有這樣強烈的感受，唉，其實，幾千年了，人類都是那樣生活，我做的事……實在沒有意思……」

他結結巴巴地説着，我睜大了眼睛，簡直不相信那些話是從他口中講出來的。為什麼忽然之間，他會變得這樣子？

看起來，他像是有着極大的顧忌，可是，把那麼出色的作品公諸於世，讓更多人知道，有什麼不好呢？他本來就是把那些作品公開讓人參觀的，只不過參觀者極少而已。

我弄不懂他在鬧什麼玄虛，他不想照實説，只好説是藝術家的怪脾氣，我也沒理由逼他講出來。

我只是道：「當然由你自己決定，我再也想不到會有那麼偉大的塑像，你對那些歷史人物的一切，一定十分熟悉？」

他不經意，或是故意迴避地「唔」了兩聲，算是回答了我的話。

我又道：「最主要的，自然是你對那些人物內心世界有極深的了解，對他們的精神痛苦，也有極深的感受，不然就不能……」

米端這一次，「藝術家的怪脾氣」真正到了令人目瞪口呆的地步，我自認，我所說的話，絕沒有半分得罪他之處，可是，他卻不等我說完，一個轉身，像是我手中握着一根燒紅了的鐵枝要追殺他，腳步蹌踉，奔了開去，一下子奔進了那扇門，立即重重把門關上。

我錯愕萬分地在院子中又站了幾分鐘，門緊閉着，看來米端再也沒有出來的意思。

我驚訝於他態度之不合情理，但當然也不會自討沒趣，再去拍門求見。所以，停留了幾分鐘，也就一面搖着頭，一面走出了院子。

院子外面是一條相當靜僻的街道。我沿着街邊，慢慢走着，心想一定要對所有我認識的人說起那些蠟像，請他們去看，第一，我會要白素去看，那是寓有極深含義的藝術精品，把人性的醜惡面，把人的精神痛苦，表現得如此徹底。

雖然離住所相當遠，但是我一面想，一面走，竟在不知不覺之中，到了住所門口。

我取出鑰匙開門，家裏顯然沒有人，我也不開燈，倒了一杯酒，就在黑暗之中，怔怔地坐着發呆，剛才目睹的情景，心頭所受的震動，決不是短時間所能平復。

我閉上眼，四個陳列室中的景象，歷歷在目。米端的想像力豐富，每一個細節，都那麼真實，簡直就像是那些事件發生時，他就在現場！

我不禁苦笑了一下：想到哪裏去了！細節真實，自然因為米端是一個傑出之至藝術家之故。我渴望找一個人討論一下那些蠟像，本來最好的討論對象是米端本人，可是他顯然不想和我談論，那我就只好找向我介紹了不止一次的陳長青了。

喝乾了杯中的酒，着亮了燈。燈光一着，我就看到茶几上有一張紙，紙上寫着相當大的字：「即聽此卷錄音帶，我有事外出。素。九時零三分」。

那是白素留下的字條。錄音帶就在紙條旁邊。

東西留在這樣的地方，本來我一進來就可以看得到，可是偏偏我沒有開燈，而且精神恍惚，所以竟到這時才看到。

我拿起了錄音帶，上樓到書房去，白素要我立即聽這卷錄音帶，她留字的時間是九時零三分，那正是我回來之前不久，現在已接近十點了，如果錄音帶中記錄的是什麼急事，是不是已經耽擱得太久了呢？

我三步併着作兩步，一進書房，就把錄音帶放進了錄音機，按下了掣鈕。錄音帶一轉動，就先聽到了白素的聲音：「以下錄音，記述的事十分有趣，你可以聽聽。」

聽到了這樣的開場白，就知道不會有什麼緊急事情，自然也不那麼緊張了，我舒服地坐了下來，聽錄音機中傳來的聲音。

第二部

一個塑像藝術家的意見

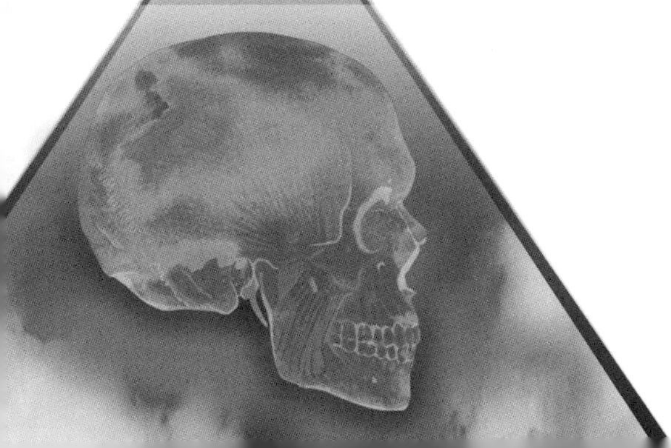

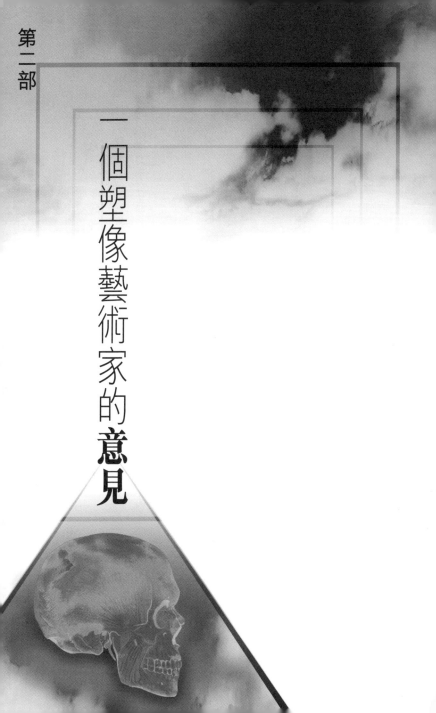

那是一個談話的記錄，如果只把三個人的對話記述下來，未免單調，所以把當時的情形寫出來，比較好些。

雖然我當時並不在場，但是後來白素又向我講述了當時發生的一切，白素的記憶力十分強，敘述得又仔細，我才能把她和那位來訪者見面、交談的經過寫下來。

開門的是老蔡，我們家的老僕人，老蔡由於年紀大，行動不是那麼俐落，門鈴響了將近七遍，他才去開門。那時，白素準備下樓去應門，她在樓梯上停留，沒有立即下來。老蔡一開門，看見來客是一個陌生人，他照例不是很友好地瞪着來人，白素看不見門口的是什麼人，只聽到了一個相當拘謹的聲音在問：「請問衛斯理先生在嗎？我能不能見他？」

老蔡的聲音硬邦邦：「你和衛先生有約嗎？」

那來客忙道：「沒有……我有點事情想告訴他。」

老蔡的語調更僵硬了：「衛先生就算在，也不會見你，何況他不在。」

白素在樓梯上，暗嘆了一聲。我是十分喜歡認識結交各種各樣朋友的人，可是實在，莫名其妙的人，找上門來的太多，所以不得不一再吩咐老蔡，如果陌生人找上門來，盡可能擋駕，久而久之，老蔡習以為常，而且他也明知我們不會責備他，所以他常使用他自己的方式，使來訪的陌生人知難而退，而且，絕不敢再來碰第二次釘子。

這時，老蔡的回答，已足夠令人難堪，果然，來訪者發出了兩下不知所措的「啊啊」聲，可能為自己找回一點面子，所以道：「那我改天再來。」

老蔡卻絕不給人留情面，冷冷地道：「不必來了，再來多十次，也不會見着衛先生。」

來訪者有點生氣了：「衛先生……我看也不是什麼要人，你這是……」

老蔡昂起頭來，一副愛理不理的神情：「衛先生本來就不是什麼要人，可是偏偏就有那麼多人要見他。」

來客悶哼了一聲，沒有再說什麼，老蔡用力將門關上，這樣的關門法，來客若是離門太近，準會嚇老大一跳。

白素在樓梯上走下來，皺着眉，老蔡轉過身來，神情十分得意：「又打發了一個。」

白素嘆了一聲：「其實……可以說得委婉一點。」

老蔡翻着眼，大不以為然：「委婉一點，打發得走嗎？哼。」

他那一下「哼」，當真有豪氣干雲之概。

白素也不想和他多爭議什麼，就在這時，門鈴又響了起來。這一下，老蔡更神氣了，一面轉身去開門，一面捋拳揎臂，看他的樣子，像是準備一開門，就兜臉給門外的人一拳。

門一打開，他的拳頭，也真的立即伸了出去，白素正想阻止，卻看見老蔡的拳頭，陡然凝住，臉上現出了驚訝莫名的神情，整個人如同僵硬了一樣。

白素一看到這種情形，就知道有什麼意外發生了，可是她還未曾來得及有任何行動，就聽得一個十分熟悉的聲音哈哈笑着：「怎麼，老蔡，不認識我了？」

白素一聽到那個聲音，高興得一面跳了起來，一面高聲叫着——白素絕不是那種一直在行動上維持着少女時代天真活潑的女性，可是這時，她的行動，卻和每一個正常的少女一樣，那自然是有原因的。

也就在這時，老蔡也從目瞪口呆之中醒了過來，叫道：「舅少爺。」門已完全打開，站在門口的人，身形高大，提着一個手提箱，來人非別，正走進來，白素奔了上去，來人放下手提箱，立時就和白素緊緊擁抱在一起，正是白素的哥哥白奇偉。

各位親愛的讀友，白奇偉這個人，真是久違了，自從在《地底奇人》中出現過，我一直沒有怎麼提起過他。常常有人問起：「你和白素是怎麼認識的？」經過十分複雜，正是說來話長，全在《地底奇人》這個故事之中。《地底奇人》故事發生在哪一年？相當久了，久到了和發生在咸豐年間差不多。

我一直少提白奇偉的原因，絕不是我和他之間的芥蒂還未消除。我記得，曾約略提過一下，他正在世界各地，參加大規模的水利工程建設，從埃及的阿斯旺水壩開始，幾乎沒有間歇，很多情形下，根本不知道他落腳在什麼地方。

像上次，白素的父親，白老大，在法國病重進了醫院，我們想找白奇偉，就不知上哪兒去找，只找到了他去年服務的那個工程處，工程早已結束，有的說他在西非洲岡比亞，有的說他在馬來亞，找不到他，白老大神通廣大，也沒有辦法，只好把他「缺席痛罵」一番，倒霉的是我和白素，明明不是我們的錯，卻不能不恭聆痛罵。

而且，白奇偉對於我在《地底奇人》中對他的記述，不是很客氣，心中始終有點生氣，曾經相當正式地警告過我：以後，我的事，你最好少點寫，我不愛出風頭，只想無拘無束，做我自己喜歡做的事。這個人的脾氣，要是發作起來，並不十分好玩，所以我也謹遵台命，盡量少提及他，這倒變成了這個人突然消失了。

而在這個故事之中，白奇偉的出現，我記述了下來，由於非他不可。自然，也可以假託一個人來代替他，但既然現成是他的事，為什麼不照實記述呢？

白素和白奇偉，也好久沒有相見了，事實上，兄妹二人，聚少離多，所以，白素一聽了白奇偉的聲音，自然而然，就想起兄妹二人以前在一起的情形，剎那之間，感到時光倒流，所以才會有少女時期的行動，表現出來。

兄妹二人相擁了片刻，白素後退了一步，打量着白奇偉，白奇偉顯然成熟了，眉宇間剽悍之氣，也隱藏了不少，而代之以相當深邃的智慧，白素一面笑着，一面高興得說不出話來。

白奇偉也十分高興，恭維着：「哈，時間在你身上，好像一點也不起作用。」

白素瞪了他一眼，白奇偉忽然指着門外：「為什麼怠慢了藝術大師？」

白素陡地一呆，一時之間，不知道他這樣說是什麼意思。這時，老蔡由於一開門，見到的是白奇偉，想起自己差一點沒將「舅少爺」推出門外，早已有點不知所措，門也還沒有關上。

白奇偉一面說，一面把門又打開了些，所以白素也立時看到，門外站着一個五十歲左右的中年人。白素一看到了這個人，立時發出了一下低呼聲。可是老蔡連什麼叫「藝術大師」都不知道，衝那中年人一瞪眼：「你怎麼還不走？」

白素和白奇偉齊聲阻止，老蔡那一句，已經說出來了。

門外那中年人的神情，剎那之間，變得尷尬之極，可是白素在事後說，她的神情，一定比門外那人，還要尷尬幾分。

那中年人衣著不是很時髦，頭髮也相當凌亂，而且又顯然幾天沒有剃鬍子。看起來不怎麼起眼，可是他神情之中，自有一股軒昂自信，而且，那種不着意的、自然流露出來的高雅氣質，也不是普通人所能具有。

事實上，白素一看到了他，就認出他是什麼人，白奇偉稱他為「藝術大師」，一點也不誇張，他的確是大師級的藝術家：舉世公認的大師級藝術家。

正確一點說，他是一位雕塑大師，專攻人像雕塑，加在他身上的各種美譽，不知多少，什麼「現代的羅丹」、「東方徹里尼」等等，他的人像雕塑作品，使用各種各樣的材料。每一件作品，都贏得藝術評論家的擊節讚賞，自然也成為世界各地的藝術博物館搜購的對象。

他的創作態度十分嚴謹，一件雕像，就算已經接近了完成的階段，只要發現有一點點不滿意，他就立即將之徹底破壞銷毀。所以，在超過二十年的藝術生涯中，他的人像作品，只有六十七件。

他還有一個怪脾氣，就是堅持他的人像雕塑，要和真人一樣大小，他早期的作品「耶穌基督像」，在動工之前，邀請了許多專家，來考證研究耶穌的身高究竟有多少，結果，據說誤差絕不會超過一公厘云云。

他另一件震動世界藝術界的行動，是有一位攝影家，把他的十幾件作品，拍攝成了十分精美的照片，出版了一本他作品的專集，說明文字之中，把他捧得極高，甚至有「上帝創造了人，他根據上帝的創造，複製了人」這樣的句子。

可是這本集子一出，卻令得這位藝術大師赫然震怒，告將官裏去，要求天文數字的賠償，他的理由是：他的作品是雕塑，絕不能轉化為相片，一旦變成平面的、大小和原作不相同的相片，是對他的創作最大的歪曲，最大的侮辱云云，要知道他創作的藝術成就，必須面對他的原作來欣賞，等等，理由一大堆。

幾經纏訟，各級法院接納他的理由，非但出版那本集子的大規模出版社，因之破產，所有已售出的畫集，也不准流通。他得了巨額賠償，全數捐給了當年在長期旱災之中，餓殍遍野、亟需救濟的東非洲災民，而且，同年，又創作出一座題為「飢餓」的人像雕塑，再次震驚藝壇。

我書房中，就有一本當年引起打官司的畫集在，畫集之首，有他的巨幅照片，所以白素一眼就可以認出他。

這位藝術大師是東方人——只知道他是東方人，可能在他身上，有中國人血統，也有印度或日本人的血統，他有一個十分中國化的名字：劉巨。

人總是有點勢利，老蔡用這麼粗魯的態度，得罪了一個流浪漢，或是得罪了一個如劉巨這樣的藝術大師，自然大不相同。

白素立時充滿了歉意的神情和語調趨前：「真對不起，劉巨先生，不知道是你，真的不知道是你。」

老蔡在一邊翻着眼，他自然弄不清楚這個看來並不起眼的中年人是什麼來頭。白素說話間，他還用相當高的聲音咕噥着：「人家兄妹好久沒見了，不知道有多少話要說，總要自己識趣才好。」

白奇偉忙推着他，連聲道：「去！去！去！這裏沒有你的事！」

等白奇偉把老蔡推了進去，門外的劉巨才吁了一口氣：「貴管家！」

白奇偉忙笑道：「老人家有點悖時，劉大師別見怪！」

劉巨緩緩搖了搖頭，在白素的邀請下，走了進來。

白素自然十分歡迎劉巨來訪，但恰好白奇偉來了，兄妹之間，的確有許多話要說，但剛才已經得罪了人，這時自然不能怠慢，所以她只好暫時把白奇偉放在一邊，先作了自我介紹，再介紹了白奇偉，然後道：「衛斯理不在，劉先生有什麼事，對我說也一樣！」

白素想不到像劉巨這樣的藝術大師來找我有什麼事，但循例總要這樣問上一問。

白奇偉已走過去，取了酒和酒杯來，倒了一杯酒，遞給了劉巨，劉巨接了過來，一飲而盡，白奇偉忙又替他倒了第二杯。

劉巨這才開口：「是這樣，我有一個朋友，認識衛先生，聽他講起過衛先生在探索許多不可思議的現象上的種種成就。」

他頓了一頓，又道：「自然，衛先生的許多成就，實際上就是衛夫人的成就！」

白素微笑了一下，白奇偉笑道：「看來大師不但善於塑造人，也很善於恭維人！」

白奇偉的話，本來應該是可以令得談話的氣氛輕鬆很多，可是，劉巨聽了，卻緊蹙着雙眉，嘆了一聲，有點像自言自語地道：「我善於塑造人像？在……有了那次經歷之後，我對自己，完全失去了信心！」

白素和白奇偉，都不知道這個在世界藝壇上有着如此崇高地位的大師，受到了什麼打擊，以致他竟然會説出這樣的話，互相錯愕地望了一眼，等着他説下去。

他略呆了片刻，才道：「不可能的，一定有不可理解的怪異，我想了三天，全然想不通，決定來向衛先生請教，我來得冒昧……」

白素忙道：「不，不，歡迎光臨！」

劉巨又嘆了一聲，再呷了一口酒：「三天之前，我去參觀一間蠟像院。」

他這句話一出口，白奇偉首先挺了挺身子，表示驚愕。一個舉世崇仰的雕塑家，專從事人像雕塑，怎麼可能會對蠟像院產生興趣？蠟像院中的陳列品，絕大多數是庸俗不堪，根本不能稱之為藝術品的。

身為一個出色的人像雕塑家，劉巨當然善於捕捉人體的每一個動作，也知道這些動作，代表了什麼。

白素和白奇偉兩人，雖然沒有說什麼，劉巨也可以知道自己的話，引起了對方的驚愕和不解。

所以，他解釋道：「本來我絕不會對蠟像院有興趣，可是我有兩個學生去看過——我到這裏來，應大學藝術系的邀請，作一個短時間的授課。」

白素忙道：「是，是，報章上對大駕的光臨，有過專題報道。」

白素竭力在彌補老蔡造成的過失，雖然看來劉巨對於剛才的不愉快不再放在心上。

劉巨繼續道：「這兩個學生，我認為極有天分，他們一而再、再而三地要我到那個蠟像院去看看，並且說他們自己參觀的經過，太怵目驚心，所以他們只看到第三間陳列室，就奪門而逃，沒有勇氣再看下去。」

白素聽到這裏，「啊」地一聲：「是，我們有一個朋友，也曾去參觀過這間蠟像院，也竭力推薦我們去看。」

劉巨的神情有點緊張：「你們去了沒有？」

白素搖了搖頭：「沒有。」

劉巨吁了一口氣，苦笑了一下，喃喃說了一句：「如果你們去看過，只怕不會再稱我為藝術大師。」

白奇偉一聽，霍地站了起來：「蠟像院中的陳列品，藝術價值會在你的作品之上？」

劉巨並沒有直接回答，只是用手托着前額：「那兩個學生，只差沒有說出那蠟像院中的塑像，比我的作品更好，他們說得次數多了，引起了我的好奇心，所以我去了。」

他說到這裏，又停了片刻，然後，就詳細敘述他在那間蠟像院中的經歷。

他說的那間蠟像院，自然就是米端的那間，十分湊巧的是，劉巨在向白素和白奇偉敘述他的經歷時，我正好就在那間蠟像院之中，重複着他的經歷。

劉巨三天之前，在蠟像院中的經歷，和我的相同，所以不必重複。所不同的是，他作為一個出色的人像雕塑家，在全世界享有盛名，那自然會更加感到震慄和有更深感受。

和我上次的情形一樣，到最後，只有他一個人，由米端陪着，參觀了第四間陳列室。

看完之後，他激動得幾乎發狂，緊握米端的手臂，大聲叫着：「藝術家在哪裏？簡直太偉大了，我要向全世界宣布這件事！」

他不但叫着，而且還用力搖晃着米端的身子，不住叫：「請作者出來，請作者出來。」

米端的回答卻十分冷淡：「作者不願見人。」

（這和我的經歷不同，我推測到了米端就是作者，他就承認了。）

劉巨當時就生了氣，指着米端罵了起來：「你這種市儈，沒有權利，也沒有資格把那麼偉大的藝術據為己有，沒有權利把藝術家隱藏起來，不讓他和世人接觸，你這卑劣的市儈……」

劉巨不但認不出米端就是這些塑像的作者，而且還把他當成了卑劣的藝術品販賣商，以為他不把藝術家介紹出來，是想壟斷他的作品，奇貨可居來謀利。

米端對他的指摘並不反駁，只是冷冷地聽着，直到劉巨自己報了名字：「你知道我是誰？我叫劉巨。」

他以為對方至少會對這個名字表示一下驚愕。

誰知道米端聽了之後，只是冷冷地道：「對不起，未曾聽過閣下大名。」

這一下，幾乎把劉巨氣昏了過去，他們的這番談話，在那個院子中發生，米端講完了那句話，就走了進去，把門關上。

劉巨拍打房門，可是手也拍痛了，米端再也未曾把門打開來。

劉巨急急忙忙衝出院子，又繞到了前門，前門也已關上，他再度敲門，踢門，直到兩個警察過來，要把他當作瘋子趕走。

可是劉巨哪裏肯就此干休，他一生從事人像塑造，那些人像，給他心靈上的打擊之大，實在無與倫比，他和那兩個警察爭論，警察把他帶到了警局，弄明白了他的身分，才把他放了出來。他連接受道歉的時間都沒有，立刻又趕到蠟像院去。

他趕到的時候，恰好米端在向幾個參觀者講話，米端一看到他，就不客氣地要他離去，劉巨硬向內闖，結果，又是警察硬把他弄走的。

以劉巨的身分，一再「鬧事」，令得大學當局和警方都十分尷尬，警方把他交給大學，學校方面無法可施，只好派幾個他的學生，牢牢看住他。可是劉巨畢竟是學生崇拜的對象，看了一天，第二天就看不住，又給他溜了出去。

這一次，他學乖了，在去蠟像院之前，先把外形大大作了一番改變，米端居然沒有認出他，又帶着他和另外幾個人，參觀了一遍，這一次，劉巨還弄了一點狡獪，做了一點手腳。

他不相信那麼生動的人像由蠟做成，所以他去之前，帶了一柄鋒利的小刀，準備刮削一些人像的材料，去研究一下，究竟是利用了什麼材料，才能塑製出如此生動，可以說是人類自有塑像以來，最偉大的作品。

要達到這個目的，不很困難，整個參觀過程，雖然米端一直目光炯炯地注意參觀者的反應，總有機可乘。

不過，劉巨在做這個「手腳」之際，經過相當驚人，以下是他的敘述：

「雖然我是第二次看到那些人像，但是心頭的震撼，還是同樣的劇烈。本來，我對於蠟像裝上機械的裝置，以追求逼真的效果，十分反感，一直反對，我認為那是一種十分低級庸俗的做法，簡直對藝術是一種侮辱。」

「可是，看了這些塑像，我無法不承認這裏的一切安排，巧妙之極，把藝術帶給人心靈的震撼，提高到無可再高的層次。」

「我手中握着那柄小刀，等候着機會，在岳飛父子的那一間陳列室中，我有了下手的機會，有兩個參觀者在我和那個市儈之間……」

（劉巨一直不知道米端就是這些人像的作者。）

（講到這裏時，他的聲音有點發顫，由於接下來發生的事，使他驚駭莫名，這時仍然心有餘悸。）

「我一看到機會到了，伸手在岳飛像的手臂上，按了一下。我畢生從事各種材料的人像雕塑，用的是什麼材料，一般來説，只要碰一碰，摸一摸，就可以知道。這時，我一摸上去，就嚇了老大一跳，我，我……的手指，竟告訴我，那……不是用什麼材料製成的，是……真正人的肌膚……甚至還有着體溫。」

（錄音帶在劉巨講到這裏時，爆發出了白奇偉毫不掩飾的轟笑聲和白素小聲要她哥哥注意禮貌的勸告。）

不過，白奇偉還是發表了他的意見：「大師，你以為那些人像全是真人？」

劉巨的聲音有時囁嚅，充滿了猶豫：「請……聽我再說下去。」

白奇偉又道：「那是一種軟塑料，我見過用那種特種軟塑料製成的假人，的確，單是靠觸摸，感覺和真人幾乎沒有差別，日本人很精於此道。」

劉巨沒有分辯什麼，只是道：「請……聽我說下去。」

白素忙道：「請說，請說。」

劉巨道：「嚇了一大跳之後，自然還得照計劃行事，所以我立時用小刀的刀尖，在人像的手背上，劃了一下，誰知道……誰知道……才一劃下去……才一劃下去……」

（劉巨每一句話，都不由自主重複，白奇偉的笑聲又傳了出來。）

白奇偉道：「千萬別告訴我們，你一劃下去，就有血流出來！」

劉巨發出了一下驚呼聲：「正是這樣，我一刀劃下去，只劃了一個小口子，血就迸流出來，就像劃在真人的手背上！」

（錄音帶中，接下來是相當長久的沉默和劉巨的喘聲。）

（那自然是劉巨的話很令人吃驚。）

（打破沉默的是白素。）

白素的語調十分審慎：「我想……這批人像，極可能是科學和藝術的結晶，既然不斷有血自人像中冒出來的機械裝置，那麼，充當血液的紅色液體，有可能在人像中流過，所以當你劃破了人像，紅色的液體也就流了出來。」

又是一段時間的沉默之後，才是白奇偉的聲音：「大師不同意這個合情合理的解釋？」

劉巨說的還是那句話：「請聽我……繼續說下去。」

白奇偉的聲音有點誇張：「天，別告訴我，你割下一小塊東西，拿回去研究，那是真正的人肉。」

劉巨道：「不是，不是。」

白奇偉又加插了一句：「謝天謝地。」

劉巨嘆了一聲：「不過也差不多。」

（聽錄音帶聽到這裏，連我也嚇了一跳。什麼叫作「也差不多」？劉巨接着白奇偉的話講，那麼，任何人都不妨想想，「也差不多」是什麼意思，真正無法不令人吃驚。）

（當然，那時，白素和白奇偉兩人，也同樣感到了吃驚，所以又是沉默。）

白奇偉乾澀地笑了一下：「請解釋。」

劉巨道：「當時，我一看到被刀劃破處，竟然有血流出來，心中十分吃驚，恰好這時，有一個參觀者，掩面疾逃，我心中慌亂，不敢再停留，也跟着那個參觀者，一起逃了出來，等到到了街上，我才想起，我要做的事，沒有做到，可是已無法再回去了。

「我手中還捏着那柄小刀，手心全是冷汗，我看到，小刀上，還沾了一點血漬，突然之間，我心中有一個怪異之極的想法，我感到，那……有可能是真的人血，因為在那些陳列室中，的的確確有濃烈的血腥味，血腥味有可能是視覺上的震撼所引起的嗅覺上的條件反射，也有可能是化學合成物造成的氣味，也有可能，是……真的血發出來的氣味。

「所以，我回到大學之後，立時要醫學院的一個助教，替我化驗。

「我必須說明，我有了這個怪異的念頭，心中極其緊張，這個念頭，可以說是我一生之中，最怪誕的念頭了，那小刀……又十分鋒銳，把我的手也割破了一些。」

白奇偉的笑聲，陡然爆發。

可以想像得到，他本來也因為劉巨的敘述而十分緊張，正屏氣靜息地聽着，陡然之間聽得劉巨那樣說，自然再也忍不住，大笑了起來，所以他的笑聲，聽起來簡直收不住。

他一面笑，一面道：「小刀割破了你的手，一化驗，自然是人血！」

劉巨道：「是，化驗的結果是，小刀上沾着人血，這是化驗報告，請你們自己看。」

在一陣紙張的交遞聲之中，便是白奇偉和白素兩人同時發出的驚呼聲。

（當我聽錄音帶，聽到這裏時，心中十分焦急，因為我不知道化驗報告上究竟說些什麼。幸而白奇偉的話，立時給了我答案。）

白奇偉在一下驚呼之後，立時道：「小刀上有兩個人的血，一個是B型，一個是O型。」

劉巨道：「我是B型的，B型的血是我的，那O型的血……那O型的血……」

他的聲音，又不由自主顫抖起來，然後，又是一個相當長時間的沉默，白奇偉才用十分怪異的聲音道：「那O型血，難道是『岳飛』的？」

劉巨吞了一口口水：「那個人像，不是塑像，是真正的人。」

劉巨的聲音，在最後一句，聽來十分淒厲。

我聽得他出了這樣的結論，也不禁駭然。因為我才從那地方回來，當然，人像逼真，確然會使人以為那是真人，但那當然不可能是真人，簡直絕無可能！

小刀上有另一型血，可以另外尋解釋，決不能由這一點就引伸到那些人像是真人。

我如此肯定，是那些人像都不斷在流血，那自然是機械裝置的循環作用：如果是真人，哪有那麼多的血可流？

這是最簡單的常識，其間並無可供超特想像的餘地。果然，白奇偉也提出了這一點來反駁。

可是，白素卻有另外不同的意見：「最好的辦法，就是到那蠟像院去看看。」

劉巨立時道：「對，我來找衛先生，就是想把我的看法講了出來，請衛先生去看一看那些人像，說不出來的詭異。」

白奇偉道：「還等什麼，我們這就去。」

接着，便是白素對我說的一段錄音：「我們去看看，你如果回來，先聽聽錄音帶。」

× × ×

錄音帶聽完了，我立時看了看時間，我大約花了一小時，白素留下的字條，是九時零三分，我回家之後，由於震撼持續着，到十點鐘才開始聽錄音帶，現在是十一點了。

我估計，他們三個人離開，到蠟像院去，和我回來之間，大抵只有幾分鐘，如果我早回來幾分鐘，或是他們遲幾分鐘再出發，我們就可以見得着。

如今，距離他們離去，已經超過兩小時了，沒有理由要花那麼長的時間。

當然，他們三人「去看看」，決不會是循正當途徑去參觀。以白素和白奇偉兩人的能耐，別說偷進米端的蠟像院，就算偷進蘇聯國家安全局，也綽綽有餘，不會有什麼意外發生。為什麼還不回來呢？難道被米端發現了，又驚動了警察？

也不是沒有可能，因為劉巨跟着一起去，他可不是專家。

我考慮了不到一分鐘，就決定去看看究竟發生了什麼事。

我下了樓，出了門，才一出門，就看到了白素的車子，疾駛而來，這種橫衝直撞的來勢，駕車人自然不會是白素。

車子直衝了過來，我打橫躍開，以避來勢，車子停下，幾乎直衝進大門。車門打開，白素先下車，她的臉色看來十分蒼白，而且全身竟然是透濕的，沾滿了灰，神情狼狽之極。

接着，白奇偉也出了車子，情形和他妹妹差不了多少，我看了這樣的情形，不禁大是錯愕，他們到米端的蠟像院中去，怎麼會變成這樣一副模樣回來？

更令我驚愕的是，他們兩人的神情，白素帶着無可奈何的悲傷，白奇偉十分惱怒。我忽然想起，應該還有一個人：藝術大師劉巨呢？

看他們兩人的神情十分凝重，為了可以使氣氛輕鬆一點，我向白奇偉伸出手去：「好久不見了，你們幹什麼去了，看起來，什麼地方失火了，你們參加了救火？」

白素嘆了一聲：「進去再說！」三個人一起走，白奇偉把濕透了的外套剝下來，用力拋了開去。

若不是剛才他和我握了一下手，我真要以為那麼多年了，他還在生我的氣！我道：「怎麼，我說錯了什麼？」

白奇偉眉心打着結：「沒有，你說對了，我們不但救火，而且想在火中救人，不過，都沒有成功！」

我陡地一怔：「那個蠟像院……失火了？」

白奇偉悶哼了一聲：「是，就像多年前的那部恐怖片一樣，秘密快被人發現，就失火燒掉了一切證據。」

我搖頭：「留下來的錄音帶我全聽了，我認為劉巨的懷疑沒有道理，啊，你剛才說救人？救誰？蠟像院的主人叫米端，救出來了沒有？」

白奇偉和白素兩人互望着，像是從來也未曾聽過米端這個名字。

我忙道：「那個人製作那些人像，如果你們已見過那些塑像，一定會承認他是世界上最偉大的塑像藝術家！」

白素和白奇偉同時用十分沮喪的聲音回答：「不，我們沒有看到那些人像。」

第三部

一場事先絕對意想不到的火災

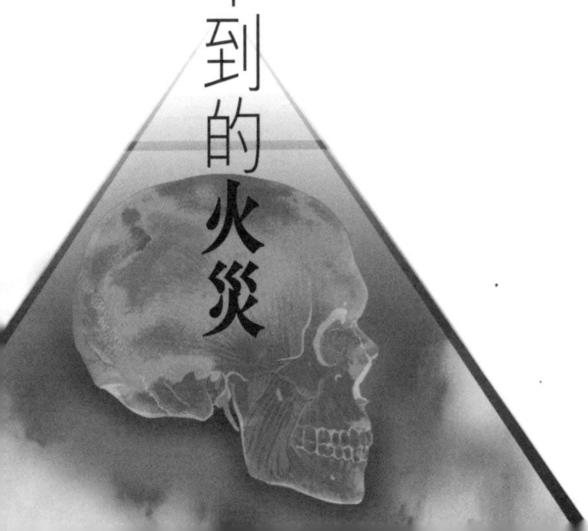

他們三個人登上白素的車子，心情很輕鬆，至少，白奇偉和白素十分輕鬆，白奇偉還在說：「大師，你懷疑那些人像是真人，那真太不可思議，簡直絕無可能。」

劉巨嘆着氣：「我何嘗不知道，可是當我手上摸上去，小刀劃上去，我真感到它們……是真人，何況還有那……O型的血。」

白素則並不表示什麼意見，車行幾分鐘，她才問：「我們拍門求見，還是自行入內？」

白奇偉笑了起來：「偷進一家蠟像院，有什麼意思，當然是拍門求見。」

白素沒有再表示什麼，事後她說：「當時，我以為那是一件小事，不值得小題大做，無論用什麼方式都一樣，為了避免麻煩，自然是正式求見，比較妥當。」

所以，當他們來到了蠟像院建築物的正門，在對街停了車，三個人一起下車，來到了門口，由於找不到門鈴，所以白奇偉就開始拍門。

他拍了又拍，拍門的聲響之大，令得過路人盡皆側目。這建築物是一幢相當古舊的獨立房子，四面都是街道，所以沒有鄰居，要不然，白奇偉這樣拍門法，不把四鄰全都引出來才怪。

拍了將近十分鐘門而無人應門，白奇偉道：「這裏，夜裏怕沒人留守，如果裏面的情景，真像劉大師所說的那麼可怖，只怕也沒有什麼人敢在晚上逗留，我們還是自己進去吧。」

他一面說，一面從衣袋中取出一個小小的皮包來，打開，裏面有許多小巧而實用的「夜行人」使用的工具，白素一看，就忍不住笑了起來：「好啊，堂堂一個水利工程師，身邊帶着這種東西幹嗎？」

白奇偉笑道：「備而不用，總比沒有的好，現在不是用得上了嗎？」

白奇偉一面說，一面已使用着那些工具在開鎖，不消三分鐘，「卡」地一下響，鎖已被打開，白奇偉作了一個洋洋自得的神情，握着門柄，門是移開去的那一種，他一下子就將門移開。

可是才一將門移開，他們三個人，就不禁都怔了一怔，就在門後，站着一個人，白奇偉在移開門之後，和這個人幾乎面對面，伸手可及。

這個人，當時白奇偉並不知道他是什麼人，他當然就是米端。不過無論在門後出現的是什麼人，這種場面也夠尷尬的了。也只有白奇偉那樣性格的人，才會想出這樣的應付辦法來：一瞪眼，反倒先發制人，大聲道：「你在門後多久了？我們拍了那麼久門，你為什麼不開門？」

一直到這時，甚至連一直極其細心、考慮周到的白素，也還未曾料到會有什麼意外發生。她聽得白奇偉如此蠻不講理的話，幾乎笑出聲來。

米端的神情十分陰森，冷冷地道：「你想幹什麼！這裏面，沒有什麼可供偷盜。」

米端的話，也十分厲害，一下子就咬定了來人心懷不軌，白奇偉「哈哈」一笑：「我們像是偷東西的人麼？聽說這裏面的人像極動人，想來參觀。」

米端的聲音冰冷：「外面牆上，有開放時間的告示，明天準時來吧。」

米端說着，一伸手，已用力將門移上，白奇偉自然不會讓他把門全關上，也一伸手，拉住了門，語調變軟了些：「我從老遠的地方來，立刻又要趕飛機離開，能不能通融？」

這時，米端冰冷的目光，已經向白素和劉巨掃來，他的神情更加難看：

「不能。」

白奇偉道：「這未免太不近人情了吧。」

令白奇偉想不到的是，米端的氣力十分大，在爭持之間，米端陡然發力關門，白奇偉要不是縮手縮得快，只怕手指會被關上的門夾斷。

本來明明是自己理虧，可是這一來，白奇偉也不禁生氣，他怒叫道：「小心我放火把你這裏燒掉。」

門後面沒有反應，白奇偉用力在門上踢着，又衝着門吼叫：「哼，你裏面陳列的，根本不是什麼蠟像，全是真人，你是蠟像院魔王。」

白奇偉這樣吼叫，純粹無理取鬧，白素剛在勸他別再鬧下去，卻不料「刷」地一下，門又移開，令得米端和白奇偉又正面相向。

米端的神情，極其可怕。

白奇偉在事後這樣說：「當時，我一看到那個人的神情，嚇了老大一跳，他那種又急又驚又生氣的情形，實實在在，只有一個人心中最大的秘密被人突然叫出來，才會這樣！

「可是，我叫破了他的什麼秘密呢？總不成他陳列的那些，真的全是活生生的人？

「在這時候，我身後的劉大師也叫了一句：『你究竟在玩什麼把戲，心中沒有鬼，就讓我們進去看。』我立時大聲附和。」

米端只是維持着那種可怕的神情看着他們，然後，又重重地將門關上。

白奇偉「哈」地一聲：「這個人，我看總有點虧心事，別怕，他會再開門，讓我們進去。」

劉巨道：「不會吧，我看還是硬衝進去。」

白奇偉又拉了拉門，沒有拉動，就這兩三句話的功夫，就起了火，火頭冒得好快，簡直快到不可思議，事先一點徵兆也沒有，火舌從屋中直竄了起來！

火來得那麼突然，那麼猛烈，幾乎整幢屋子，一下子就全被烈火包圍，白奇偉向一輛經過的車子大叫：「快報警！」

那輛車子的駕駛人也被那麼猛烈的火勢嚇傻了，駕着車衝了出去，而事實上，根本不必報警，火勢那麼猛，附近所有人全可以看得到，救火車的嗚嗚聲，已傳了過來。

接下來發生的事，其實可以防止——如果事先知道它會發生。

但是白素和白奇偉兩人，都料不到會有這樣事發生，這是他們兩人，事後感到了極度懊喪的原因。

白素在事後道：「火一起，由於火勢實在猛，我們都自然而然退了幾步，當時我已覺得劉巨的神態有異，他仍然站在原來的地方，沒有後退，那時，奇偉在路中心攔車子，我拉了他一下，他卻一下子甩脫了我的手，雙眼直勾勾地盯着門，門縫中有濃煙直冒出來，我又去拉了他一下，誰知道他陡然大叫了一聲……」

白奇偉恨恨地一頓腳：「我也聽到了他的那聲大叫，他叫道：『那些塑像』，接着，他就……」

白素嘆了一聲：「這時，他就在我的身邊，而我竟未能阻止他，唉，誰知道他竟然會那麼瘋狂。」

白奇偉悶哼一聲：「真是瘋狂。」他指着白素：「你也是，他發瘋，就讓他去發瘋好了，你也差一點就賠了進去。」

白素苦笑一下，望着白奇偉：「你還不是一樣？」

白奇偉大聲道：「那可大不相同，我是為了你，你卻是為了一個不相干的人。」

白素低聲，皺着眉：「他心中有疑惑，來找我們，也就不是全不相干，而且，就算是，也不能袖手旁觀。」

在他們兄妹兩人的對話之中，多少已可以知道當時的一些情形，他們說來輕描淡寫，實際上的情形，卻驚心動魄之極！

劉巨大叫了一聲：「那些塑像」，陡然之間，向前疾衝而出，他的動作又快又突然，白素就在他身邊，未能拉住他。

他衝到了門前，整個人，重重撞在門上，真令人難以相信，門本來很結實，叫白奇偉那樣的大漢去撞，也未必撞得穿，可是，劉巨一撞之下，竟然一聲巨響，被他撞穿了一個大洞，大蓬濃煙向外冒出來，他整個人已經沒入了濃煙中。

白素一見這等情形，一秒鐘也沒有考慮，甚至未曾發出叫喊聲，便已身形一閃，跟着衝了進去。

白素自然想將劉巨自火窟中拉出來。在馬路中心的白奇偉，一眼看到，大驚之下，沒有考慮的餘地，也一下就衝了進去。

白奇偉最後衝進去，一進去，濃煙撲面，他立時屏住了氣息，他心中很明白，在這樣的環境中，一個像他那樣有冒險經歷的人，至多也只能逗留不超過一分鐘，在那一分鐘之中，還要幾乎停止呼吸才行，若是一個沒有經驗的人，只要吸進濃煙，那就完全沒有生存的希望。

白奇偉的動作十分快，滾滾濃煙中，他首先看到了白素。白素身形閃動，還在向內飛撲，他用盡了氣力，追了上去，一伸手，就抓住了白素的手臂，白素還想掙扎，白奇偉已經一個轉身，拉着白素，使白素改變了前撲的方向。

濃煙密佈，他們根本看不清對方的臉面，但是兩人心意一樣，他們都知道：如果再不撤退，一定會葬身火窟之中。

在這樣的情形下，他們實在沒有可能把劉巨救出來。

他們一起又衝了出來，這時候，消防車也已趕到，白素立時向消防隊長道：「有人……在裏面……有人在裏面，快去救。」

消防隊長望着陷於一片火海的建築物，搖着頭，白奇偉大聲道：「給我裝備，我進去救。」

消防隊長還沒有回答，火窟中已傳來轟然巨響，一部分建築物倒坍，火頭竄起十幾呎高，火星亂舞，濃煙中的火舌，像是無數妖魔，四下亂射。白奇偉和白素又不禁同時嘆了一聲，無法再堅持消防隊長下令進火窟救人了。

他們在火場附近，一直停留到將火救熄才離開，離開的時候，消防隊長向他們道：「兩位，別說是一個人，就算是一隻大象，一頭恐龍，在這樣的烈火之中，也不會剩下什麼了。」

白素和白奇偉敘述了那場絕對意想不到的火災，我立時問：「劉巨是一定葬身火窟了？」

他們都黯然點頭。

我道：「那麼，米端呢？你們有沒有看到米端離開火場？他放火，自然是他放的火。」

白奇偉道：「他是不是在起火之前離開，我們無法確定，可是，他為什麼要放火？」

我道：「自然是他不願意劉巨和你們，再看到那些塑像。」

白素苦笑了一下：「這說不過去，他設立蠟像館，就是要人去參觀，怎麼會為了不讓我們看而放火？」

白奇偉用力一揮手：「自然是由於如果叫我們看了，就會揭穿他的秘密。」

白奇偉的話一出口，我們三個人都靜了下來，因為我們同時都想到了極其駭人的一個結論：米端要掩飾的秘密是什麼？莫非真如劉巨所說的，那些塑像，根本不是塑像，而是真人？

但，這實在太匪夷所思了，米端有什麼方法把真人當作蠟像來陳列，難道他會什麼妖法或是魔咒？能把人變成石頭或是一動不動？

那真是連進一步設想都沒可能的怪事！

靜了一會，我才道：「還是先現實點，假設放火的是米端，他用什麼方法，可以使烈火不到一分鐘之內發生？」
白奇偉道：「方法有的是，超過十種。」
我道：「可是，每一種，都需要十分長時間的準備。」
白奇偉道：「可能他早就準備好的。」
我苦笑了一下：「這說不過去吧，他精心設立了一個蠟像館，但是卻又隨時準備把它毀去。」
白奇偉一揚手：「這種例子有的是，精心培育了一個特務，還不是準備了讓他一秒鐘之內就可以自殺成功的毒藥，以防止他泄露秘密。」
白素道：「這才是問題的真正所在：這座蠟像館，究竟有什麼秘密？」
白素問了這個問題，向我望來，三個人中，只有我進入過那蠟像館。
我覺得整個蠟像館、米端這個人，都有一種說不出的詭異，但也無法知道他究竟有什麼秘密。
劉巨的設想，沒有絲毫可以成立的基礎，這樣一個舉世聞名的藝術大師，竟然就這樣葬身火窟，真是令人感到可惜之極的意外。

我呆了片刻，才答非所問：「不知火場清理結果怎樣，想探知他的秘密，應該參加清理火場的工作。」

白奇偉和白素都表示同意，我略想了一想，就打了一個電話給黃堂，請他替我們作一個安排，黃堂聽了，大表興趣：「我才接到報告，說是國際大師級的藝術家劉巨，葬身火窟，還有兩個在現場的又是什麼人？」

我告訴了他，他更是奇訝：「那家蠟像館，我連聽也未曾聽過，何以會引起那麼多大人物的注意？」

我嘆了一聲：「我們不是大人物，黃警官，你才是，你能不能替我們安排？」

黃堂沉吟了一下：「本來，那是消防局的職責，不過我可以安排，我看清理火場，明天才進行，明天一早我們在現場見。」

我有點意外：「你？」

黃堂呵呵笑了起來：「有什麼事，能引起你衛斯理的興趣的，我要是不參加一下，會後悔一輩子。」

黃堂這個人，和我不是很合得來，但是有時還是很有趣的，比起他的前任傑克上校來，不知好了多少。

當晚，我們又討論了一會，不得要領，只好各自休息。第二天早上九時，我們已經到了火災的現場。

白奇偉對整件事，也有這樣大的興趣，我感到有點詫異，問了他，他樣子十分神秘地笑：「我自然有我的原因。」

雖然他的話中有因，但當時我絕未想到，他真有他的原因。

而且，他這次來找我和白素，原來就有事。而我更想不到的是，本來相隔萬里，全然風馬牛不相及的兩件事，竟然有着千絲萬縷的關係。白奇偉這時不是不肯說，而是他也只有一個極其模糊的概念。

當時，我只當白奇偉在故弄玄虛，所以置之一笑，沒有再問下去。

我們到達災場，黃堂果然在了，正在和幾個消防局的高級人員和專家閒談。他一看到了我們，立時迎了上來，又介紹了那些消防官員和專家，不必詳述他們的名字，一個專家指着燒成了一片廢墟的災場：「火頭至少有二十處，同時起火的，沒有使用過炸藥的痕迹，用來引發大火的，像是氣體燃料，那情形，等於是有二十支巨大的氫氧吹管，同時向這組舊屋子吹燃，兩位是目擊者？火勢是不是一下子就到達了高峰？」

白素答應了一聲：「簡直是在幾秒鐘之內發生的。」

另一個專家道：「這樣情形，極其罕見，要在最短的時間內，把一切全都燒去，不是容易的事！」

我問：「沒有發現屍體？」

那專家嘆了一聲：「幾乎連所有可以熔化的金屬，都已熔化，哪裏還會有什麼屍體？這裏本來是一間蠟像館？」

我忽發奇想：「你說不會有屍體發現，如果有很多人呢？譬如說，超過十個人，也全都找不到半點痕迹？總有點骨灰剩下的。」

那專家想了一想，才道：「其實，就算是一個人，要找骨灰，還是可以找得到，但是必須在幾百噸的灰燼中慢慢去找，不知要花多少人力物力，所以只好放棄。」

我望着災場，在烈火肆虐之後，滿目焦黑，怵目驚心，要在那一大片災場之中，找人體被烈火焚燒之後的灰燼，自然十分困難，可是我還是想去碰碰運氣。

白素和白奇偉顯然也和我一樣心思，我們互望了一眼，我道：「我們可不可以到災場去看一下？」

黃堂的神情有點狡猾：「為什麼，衛斯理？」

我早料到他有此一問，所以我想也不想：「劉巨是著名的藝術大師，在出事之前，他既然來找過我，我不想他屍骨無存，哪怕只能找到一小部分骨灰，都是好的。」

這個道理，冠冕堂皇，黃堂眨着眼，有點不信，但是也無法反駁。實際上，這時，我只是想去災場看一下，至於希望發現什麼，我自己也說不上來。

黃堂和高級消防官交換了一下意見，答應了我們的要求，我們換上了長統膠靴——進入火災的災場，必須如此，因為救火時積了很多水，而且，火焚後的現場，地上什麼都有，普通鞋子絕不適宜。

在我們向前走去的時候，我聽得一個專家在說：「除非是利用遙控裝置來發動火災的，不然，火勢一下子就那麼猛烈，放火的也根本沒有機會可以離開。」

我向白素和白奇偉望去，白奇偉道：「我也有這樣的感覺：這場火，至少燒死了兩個人。」

蠟像院的門口部分，建築物全已坍了下來，我們踏着廢墟向前走着，昨天，我還在這裏聽米端發表他的議論，前後不超過二十小時，已經變成這樣子。

走出了七八步，白奇偉道：「應該是在這裏，我把你拉住的？」

白素點頭道：「差不多。」她又向前指了指：「那時，劉巨也不會太遠，至多三公尺，而且在烈火中，他也不可能再衝出去多遠。」

我照着白素所指，向前走了三步，那裏是一大堆被燒得不知原來是什麼物質的東西，一踏上去，就陷下了一個深坑，當然無法發現任何殘剩的屍體。

這時，黃堂也跟了過來，這個人，有一種天生的本領，可以知道這場火，一定包含着什麼神秘的事。我自然也不必瞞他，所以，他來到了我身邊，我道：「整件事相當神秘，但究竟事情神秘到什麼地步，是什麼性質，我還一無所知，只能把我經歷過的事實，向你說說。」

黃堂十分高興：「那太好了，我早就知道，要是一場普通的火，絕不會引起你的注意。」

再向前去，建築物有一大半倒塌，一小半殘存，室內的一切東西，都不再存在，變成了焦炭和灰燼，但是整個建築的輪廓還在，我一面向前走，一面和黃堂說着這間蠟像館中的情形，和我參觀時的感受。

我向黃堂敘述經過，白素和白奇偉，在火場中小心勘察，希望可以發現一點什麼。

不一會，已經穿過了幾間「陳列室」，來到了那個院子，昨晚，就在這個院子中，我和米端說了不少話。黃堂聽得興致盎然：「這個怪人叫米端？我設法去查一下他的資料，一有就通知你！」

由他去查資料，自然方便得多，我點頭表示感謝，他又道：「陳列的人像……全是真人？這……我看劉巨多半是受了刺激，覺得一個全不知名的人，藝術造詣在他之上，精神狀態有點不正常，才會有這樣的推測。」

我道：「我也這樣想。」

我們講了一會，白素和白奇偉也來到了院子，他們手中都拿着一根鐵枝，那是要來撥開厚厚的灰燼，希望有所發現。

到了院子，白奇偉用力將手中的鐵枝拋了開去，神情十分失望：「從來也未曾見過燒得那麼徹底的一場火，根本一切全成了灰燼，就算沒有變成灰，也全然無法辨認燒剩的東西原來是什麼！」

一個跟着他們來的消防官道：「真是，我擔任消防工作超過二十年了，從來沒有見過這樣的怪火！」

白素道：「這樣的災場，通常如何清理？」

消防官皺着眉：「通常，都由物主尋回燒剩的東西，但既然沒有什麼剩下，自然由剷泥機清理，全當垃圾處理，這建築物的四周，幸而沒有什麼屋子毗鄰，有了天然的隔火道，不然，只怕會有一場大火！」

黃堂忽然問了一句：「那個米端，就是這幢建築物的業主？」

我搖頭：「不知道，也要一併請你查一查了。」

黃堂自然一口答應，白素道：「清理災場，如果有任何發現的話，請通知我們！」

黃堂答應：「真可惜，我竟然不知道有這個所在，不然，說什麼也要來參觀！」

災場之行，一點收穫也沒有，臨走時，還聽到幾個專家在爭論，說實在不知道用什麼方法，可以一下子使火勢變得那麼猛烈，每一處地方，都有火頭冒出來。

黃堂和我們分手：「這件事，十分怪異，你們可有什麼設想？」

我嘆了一聲：「你知道的和我們一樣多，你有什麼設想？」

黃堂搖了搖頭：「無法將之分類，只好等有進一步的資料發現再說。」

黃堂說「有進一步的資料發現了再說」，當天下午，他就有了進一步的資料，而且他找上門來時，模樣之異怪，真是難以形容，而當他說出了他調查所得的資料時，我們也為之目瞪口呆，一致認為那絕無可能，可是黃堂卻有許多證據表明那是真實的。

第四部

白奇偉在巴拉那河水利工地上的奇遇

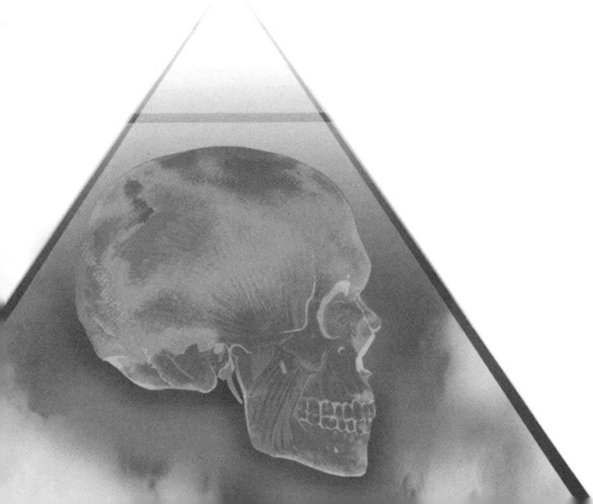

黃堂的調查所得，和整個故事，有十分密切的關係，但是卻要緩一步再敘述，因為在離開火場之後，接着發生的一些事，也和整個故事有關，那就是我曾提過，白奇偉前來的原因。當然，我在前面已經說過，當時，沒有人知道白奇偉的遭遇，是和整件事有密切的關連。

我們上了車，白素就問她的哥哥：「最近，你在什麼地方？」

白奇偉一到，就遇到了劉巨的來訪，接着就發生了一連串的變故，昨晚臨睡，大家都精神恍惚，所以應該見面之後立刻就問的一個問題，拖到這時候才問。

白奇偉答道：「這一年來，我一直在南美，巴西和巴拉圭之間……」

白素「啊」地一聲：「參加巴拉那河水壩的建設工作？」她說了之後，向我笑了一下：「哥哥是水利工程師，自然對世界各地大規模的水利工程，都比較留意一些。」

我笑了一下：「巴拉那河水壩，是世界上至今為止最大的水利工程，沒有親人做水利工程師，也應該留意。」

我們說着話，白奇偉忽然嘆了一口氣，白素關心地問：「工程有點問題？」

白奇偉搖了搖頭，我注意到他的神情，有點憂鬱，就打了一個哈哈：「我知道了，戀愛了，是不是？你早到了該有心愛異性的年齡了。」

白素瞪了我一眼，看她的樣子，是想斥責我胡說八道。可是同時，她又看到白奇偉並不否認，而且眉宇之間，憂鬱的神情更甚，看來竟是給我說對了，她也不再出聲。

我本來是隨便說說，可是如今情形，誰都看得出來，白奇偉一定有感情上的煩惱，所以我倒不便再開玩笑，等他自己說下去。

白奇偉卻一直不再開口，只是隔上些時，便嘆一口氣，一直到回家，他才長嘆一聲：「我這次來，就是希望你們兩個，聽聽我的一些遭遇。」

我和白素連忙道：「當然，有事，總要找自己人商量商量。」

白奇偉神情有點猶豫：「可能會耽擱你們相當時間……」

我和白素又不約而同叫了出來：「這是什麼話！」

白奇偉揮了一下手：「我的意思是，有很多地方，我也莫名其妙，一個人對自己親身經歷的事，莫名其妙，好像有點說不過去，但事情又確是如此，所以我的話，你們聽來，也可能莫名其妙。」

我笑了起來：「怎麼一回事，解釋那麼多幹嗎？快說，我們一定用心聽。」

白奇偉在沙發上，身子向後，靠了一靠，眼望着天花板，又過了好一會，連連吸着煙，直到煙灰長得落了下來，也不覺得。

他那樣出神，自然是在想該如何說一說他自己的遭遇才好。

我和白素心中都充滿了疑惑，但也不好去催他。白素知道我心急，就按住了我的手，示意我不要出聲打擾。

直到他抽完了一支煙，按熄了煙蒂，他才道：「巴拉那河是南美洲第二大河，全長超過五千公里，僅次於亞馬遜河，我擔任的工作，是要深入它的發源地，去探測它的水流量，和每年九月，整個河流河水減少到近乎枯竭的原因，這是工程未開始前，必須進行的重要工作……」

×　　×　　×

白奇偉的經歷，在他和一組水利工程人員、嚮導、當地官員，出發去考察巴拉那河的源頭開始。

巴拉那河發源於巴西高原的東南部，和所有的大河一樣，源頭十分複雜，有眾多的小河流匯集，巴拉那河源頭主要的一條小河流，是帕拉奈巴河。整條河，都在高山峻嶺中流竄，水流十分急，大小瀑布極多，只怕是世界上所有河流之冠。

整組工作人員大約有五十人，有着最精良的配備，逆河而上，在崎嶇的山中行進，每天也不能超過十公里。有的時候，在斷崖上慢慢移動，聽着下面的河水發出轟烈的巨響，湍急地流經峽谷，真是驚心動魄。自然，作為水利工程師，看到這種情形，不會詩興大發，想到的只是在這些急流之中，蘊藏着不可估計的巨大能量，如果能夠加以利用，就可以改進幾千萬人的生活。

白奇偉不合群，他那種特殊的東方人高傲，也使得其餘人覺得難以接近。而且，別人可以離河水遠一點，揀較好走的地方走，他由於要負責測量河水的流量，流量計必須放在水中，才能有數據紀錄，所以，他要盡量接近河水，才能完成工作。

整個工作組中，和他最接近的一個，是他的助手，一個性格十分開朗的巴西小伙子，三十歲不到，工作認真，和白奇偉十分談得來，這個小伙子的名字是李亞。

那一天，他們整天都在湍急的河邊，向上游走，離整個工作組相當遠，當天獲得的資料，十分豐富。本來，下午四時，他們就應該和大隊會合，可是看到前面不遠處，水勢轟發，有一個不是十分高，但是老遠看去水氣蒸騰、氣勢極猛的一個瀑布。白奇偉發現這個水流量急驟到了超乎想像的瀑布，竟然在資料中沒有它的記載，不禁大是訝異，忍不住道：「貴國的河道考察人員是怎麼一回事，這樣的一個瀑布，怎麼會忽略了過去？」

他這樣問的時候，發現李亞也盯着那個瀑布在看，而且神情十分驚恐，口唇掀動，像是在喃喃自語。

由於湍急的河水，發出巨大的聲響，瀑布也隱隱傳來轟轟聲，講話都需要特別提高聲音，才能使對方聽到。這時明知道李亞在喃喃自語，可是白奇偉卻聽不清楚他在說些什麼。

李亞的神情極奇特，本來，他是一個天不怕地不怕的年輕人，在河水洶湧如猛獸的急灘中，他敢跟着白奇偉，從一堆石塊，跳到遠隔幾公尺的一堆石塊上去。

白奇偉警告過他不知多少次，說自己受過嚴格的中國武術訓練，體能上遠遠超越普通人，所以他能做到的事，不可以跟着做，一失足，在那樣兇猛急湍的河流中，生存的機會極微。

可是李亞聽了，卻只是笑嘻嘻，滿不在乎，還說他就在這條河邊的村落中長大的，出生第一天就在急流中浸過，水再急，他也可以像急流中的那種身子扁得像紙一樣的銀魚，甚至可以逆流而泳。

李亞究竟有沒有這種本領，不得而知，因為到那時為止，他並沒有表演的機會。但是他膽子大，這可以肯定。

可是這時，他盯着那瀑布，卻十分害怕，白奇偉不明白一個水利工作者看到了瀑布，為什麼要害怕，所以他走近李亞。

李亞根本未曾留心白奇偉已來到了他的身邊，仍然在自言自語，白奇偉這時，已經聽清楚了，原來他在不斷重複着幾句話：「天，它真的有，它真的會出現，它真的有，真的會出現。」

白奇偉忍不住大喝一聲：「你在說什麼？」

或許是由於白奇偉的呼喝聲太大，也或許是由於李亞本來就十分驚怖，所以他陡然震動，看來失神落魄，他指着那瀑布，聲音發着顫：「這……是傳說中的……『鬼哭神號』……原來它真有的，不是傳說，是真的！」

白奇偉仍然莫名其妙，又大聲道：「你再解釋得清楚一點。」

李亞卻不肯再說什麼，四面張望着，尋路想離開，白奇偉道：「你想幹什麼？水流量那麼巨大的瀑布，竟然在水利資料上不存在，我們得去好好看一看。」

一聽得白奇偉這樣說，李亞幾乎跪下來哀求：「求求你，白先生，別過去看，我們快快歸隊吧，這……本來就不存在，資料上自然沒有。」這時，白奇偉又是好氣，又是好笑，全然不明白李亞這樣說是什麼意思，李亞的話，前後矛盾之至，剛才還在說「真是有的」，現在又說「本來就是不存在」，還說什麼那是傳說中的「鬼哭神號」。

李亞看起來像是精神錯亂，白奇偉用力在他頰上拍了一下：「趁天色還沒有黑，快和我一起去看看。」

李亞發出了一下十分驚悸的叫聲：「天，不能去，我絕不會去，白先生，你……也請你不要去。」

白奇偉這時已經看出，李亞不知道由於什麼原因，而感到了極度的驚恐。他心中充滿了疑惑：「究竟是怎麼一回事，你定下神來好好說，理由如果充分，我就聽你的意見。」

李亞聽得白奇偉這樣說，如同絕處逢生，大口喘了幾口氣：「白先生，這個瀑布，平時是不存在的。」

白奇偉是水利工程師，自然也是河流、水流方面的專家。他完全可明白那是什麼意思，瀑布由水流形成，如果河水的流量減少，瀑布就會消失，如果處於河流的汛期，那麼，瀑布就會形成，這是十分普通的自然現象。

所以他道：「那又怎樣？」

李亞看到白奇偉全然不覺得事情的嚴重，又焦急得幾乎哭了起來：「這瀑布……我是在河邊長大的，從來也沒有見過，只聽得村中的老人說，這個平日滴水不流的地方，如果一旦出現了瀑布，那就是『鬼哭神號』的時刻來臨了。」

白奇偉仍然不明白：「你提了兩次『鬼哭神號』，那是什麼意思？」

李亞急速地搖着頭：「我不知道，我不知道。」

白奇偉怒道：「是你說的話，你不知道，這像話嗎？」

李亞分辯着：「我是說，我沒有聽到過，也不想聽，村中的老人說，聽到過鬼哭神號的人，都會瘋掉，我不想變瘋子，我在童年時，曾見過幾個老瘋子，他們都被鬼哭神號嚇瘋，這個瀑布出現，看到的人，要遠遠離開，不然……成千上萬的厲鬼，就會發出哭叫聲，聽到的人……就會發瘋。」

白奇偉本來不是一個好脾氣的人，這時，由於李亞的神情實在太可憐，所以他居然耐着性子，聽李亞斷斷續續、牙齒打震地說了那麼一大堆話，聽完之後，他忍不住哈哈大笑。

他總算弄明白李亞害怕的原因了：原來是為了土人村落中一個古老的傳說！

這個傳說，自然是土人弄不明白何以瀑布忽然會出現而來，什麼「鬼哭神號」，多半是大量急湍的流水，流經狹窄的河牀，和巖石碰撞、摩擦所發出來的巨大的聲響，這種聲響可能十分驚人，自然在傳説中，被渲染誇大為千萬個厲鬼在號哭。

白奇偉哈哈大笑，李亞瞪大眼睛望着他，白奇偉一面笑着，一面用力拍了一下他的肩頭：「小子，你現在不是山區裏的土人，你在里約熱內盧上大學，是一個有現代知識的人。」

李亞顯然想不出如何回答，他只是拚命搖着頭，樣子看來，又可憐又滑稽。

白奇偉仍然耐着性子：「像這種自然現象，是水利工程師研究的最好課題，大量的水流，自何而來，何以消失，弄明白了它的規律，可以作為工程上的重大依據。你不是立志要做一個好水利工程師嗎？」

李亞仍是一個勁兒地搖着頭，他居然大聲叫了起來：「我要做一個好工程師，不要做一個瘋子工程師。」

白奇偉的耐心到了盡頭，他再也按捺不住了，大聲道：「那你就別去，土人始終是土人，就算得了諾貝爾獎金，土人還是土人。」

白奇偉的話，令李亞十分傷心，可是他的心地也真好，哀求地道：「白先生，你也別去，求求你，去了不會有好結果。」

白奇偉根本不理會李亞的哀求，已經開始覓路，向那瀑布的方向進發。他走了一程，曾回頭看，看到李亞像是一座雕像，站在原地，一動也不動。白奇偉本來還存着希望，以為他終於會跟上來，如今看情形，李亞不會過來了。

白奇偉也不再理會他，繼續向前走着，山間雖然沒有路，但河牀旁，總比較平坦，並不是很難走。他離那瀑布愈近，就愈覺得那瀑布氣勢雄偉，絕不在尼亞拉瓜、黃果樹和維多利亞那些著名的瀑布之下。瀑布不會超過十公尺，可是水聲震耳欲聾，大量的水急瀉而下，濺起的水浪和水花，甚至比瀑布的本身還高，真是從來未曾見過的奇觀。

來到臨近，白奇偉開始向上攀，沒有多久，他就看到了瀑布形成的情形。

原來上面的河牀相當淺，大量河水洶湧而來——白奇偉推測，可能是更上游的山區上空，忽然下了一場暴雨，導致山洪暴發，所以水流量大增——河水幾乎已漫上了岸，在許多小缺口處，爭相瀉出來，像是無數條流竄飛舞的銀蛇。

而恰好有一個大缺口，河水自然急瀉而出，所以就形成了那個大瀑布。

山區上空暴雨的機會可能不多，平日，山洪不來，河水流量少，水不會從那個缺口溢出來，自然就不會有什麼瀑布。

看到了這種情形，白奇偉心中又把李亞罵了好多遍，他沿着河岸，向前又走出了一程，站在河的對面，看着奔瀉而下的急流。

他一面觀察地形，心中作了打算，明天，要設法弄一架直升機來，去勘察一下那麼大流量的水，究竟是怎樣形成的。

白奇偉看得十分出神，陡然之間，看到河水上泛起一片金光，他才知道，夕陽已經西沉，那是晚霞的反映。

在山區中，太陽一下山，黑暗來得特別快。白奇偉心中叫了一下糟糕，他無法和工作組會合，看來只好在這裏找地方度過一宵了。

白奇偉有豐富的野外生活經驗，在河邊度一宵，並不算什麼，他先打量了一下周圍的環境，又沿河走出了一段路，那裏是一個碎石灘，長着一簇一簇的灌木，白奇偉在天色完全黑下來之前，已經利用那些灌木的樹枝，燃起了一堆篝火，然後，他把外套翻過來，攤平，鋪在地上，他就在篝火旁坐下，嚼吃着乾糧，又用水壺舀了河水來飲，竟然十分清冽可口。

他在夜色中，觀賞着河流的壯觀景色，又打了一會坐，以消磨時間。到午夜時分，他才把篝火加大，估計至少可以燃燒一小時之上，他才躺了下來。轟發的河水聲，很有催眠作用，不多久，他就睡着了。

不知睡了多久，突然醒了過來。他是被驚醒的，可是情形十分奇特。通常，一個人在熟睡之中被驚醒，總是由於周圍發生了什麼聲響。但那時，白奇偉的情形，卻恰好相反，他是由於四周的聲音突然消失，才驚醒的。

他什麼聲音也聽不到，靜到極處，以致白奇偉在一剎那間，根本不知道自己已經醒了過來，還以為是進入了一個夢境。當白奇偉確定他已醒了，一時之間，他又不能確定自己在什麼地方，因為入睡之前的轟轟發發的水聲，和醒過來之後的寂靜，相去太遠。他要坐起身，睜開眼，至少半分鐘，才肯定自己仍然在河邊，就是不久之前入睡的地方。

這時，篝火熄滅，只剩下一堆暗紅色的灰燼，在無聲地燃燒，連輕微的

「拍拍」聲都沒有。白奇偉大惑不解，那麼猛烈的水聲，到哪裏去了？他一躍而起，就已經有了答案：那道瀑布不見了。河水顯著降低，而且，水勢也變得極緩慢，緩慢到在夜色中看起來，河水像是靜止一樣。

河水不應該靜止，一定在流着，可是真的一點聲音也沒有。

這種情形，真是奇特極了，白奇偉佇立了一會，想起李亞曾告訴他，這道瀑布，被土人叫做「鬼哭神號」，說什麼會發出千萬個厲鬼的號哭聲，那真是無稽之極，習慣於野外生活的白奇偉，也從來未有過如此寂靜的經歷。

他深深吸着氣，點燃了一支煙，才吸了一口，就怔呆地向前望去。吸引他向前望去的原因，並不是前面有什麼他可以看到的東西，而是前面，突然傳來了一下慘叫聲。

在寂靜中聽到了那一下慘叫聲，令得白奇偉遍體生寒，夾着煙的手指，不由自主發抖。

那是真正的慘叫聲，而且，顯然是由人發出來的，別的動物，決計不可發出如此充滿了悲慘，令得聽到的人，也不由自主劇烈發抖的聲音。

那一下呼叫聲，其實並不強烈，只是悲慘。像是發出叫聲的人，本來是在竭力抑制自己，不使自己發出任何聲音，準備默默承受痛苦。可是也許是他心中的痛苦太強烈了，無論他怎麼控制，也無可避免地爆發了出來，那不是他在呼叫，而是悲慘和痛苦的自然的爆發。

慘叫聲拖曳得相當長，餘音愈來愈低，但是給聽到的人所帶來的震撼，卻更加強烈。

白奇偉想再吸一口煙鎮定一下，可是他的手抖得如此之甚，以致他竟然沒有法子把煙放進口中。

而且，一時之間，他除了站在那裏發抖之外，簡直什麼也不能做。他只是不斷地在心中重複着幾句話：「天，別讓我再聽到一次這樣的慘叫聲，別再讓我聽到，這樣的慘叫聲，聽多幾次，人會瘋掉。」

當他在這樣祈求時，他自然而然，想到了李亞説過的：聽到鬼哭神號的人會變瘋子！

一想到這一點，他的呼吸，不由自主急促，而就在這時，慘叫聲又傳了過來。這一次，是連續的慘叫聲，由於呼叫聲是這樣的撕心裂肺，他根本分不出發出呼叫聲的人是男是女，甚至也無法判定是一個人在叫，還是好些人一起在叫。

那種連續的慘叫聲，令得白奇偉不但全身發顫，而且感到了生理上的真正痛楚，慘呼者的痛苦，似乎傳染到了他的身上，使他的心口，一陣刺痛，身子跟着搖晃，他若不是有相當強的自制力，忍不住也要張口大叫，去發泄他心中本來不應該存在但是卻在慘叫聲中向他襲來的痛苦。

他的思緒亂到了極點，根本不知發生了什麼事，唯一能想到的，就是李亞所說的話：這種慘叫聲，是「鬼哭神號」，是千百個厲鬼的號哭！

在雜亂的思潮中，白奇偉忽然又想到：這是什麼秘密武器？聲波可以殺人，早有定論，這種充滿了絕望、痛苦、悲慘的呼叫聲，可以震動聽到的人的每一根神經，比任何高頻率的音波或低頻率音波，具有更大的殺傷力。

因為在這種叫聲中，充塞着人類的感情，可以使人在感情上受到感染。真難想像，如果在戰場上，只讓對方的士兵聽到這樣的叫聲，會造成什麼樣的後果。是不是有什麼機構，正在這裏秘密進行這種秘密武器的試驗？

白奇偉思緒極亂，他想到這一點，顯然忘記了李亞曾說過，那是一個「古老的傳說」，不知有多少年了。

但是這種莫名其妙的想法，當時卻使白奇偉比較鎮定。在全然無可解釋的處境，感到了莫大的震驚，如果可以找到一些雖然沒有根據，但卻可以設想的假設，就會像是一個將要溺死的人，忽然抓到了一片浮木，多少可以起點作用。

白奇偉當時的情形，就是那樣。

這時，各種不同的慘叫聲，仍然像是利鋸，在銼鋸着他每一根神經，有的慘叫聲尖厲，有的悶鬱，有的伴着呻吟，有的和着喘息，每一下慘叫聲，都迸發着無窮無盡的痛苦悲哀，也迸發着憤怒和絕望。間中，在慘叫聲中，還夾雜着呼叫聲，似乎用各種各樣的語言在叫喊着。也不是十分聽得清楚。

但是，白奇偉終於聽清楚了其中的一句，那是用中國黃河以北的語言叫出來的：

「冤枉啊！」

雖然只有三個字，而且是極普通的三個字，可是，也是驚天動地的三個字！

冤枉啊！一個人為了他根本未曾做過的事，要付出巨大的代價！付出代價是什麼？極有可能是家破人亡，極有可能是在酷刑之中死亡。

冤枉啊！用其他語言在叫出來的，是不是也在訴說他們心中的冤屈呢？是不是人類自有文明生活以來，所有的冤枉，全部化成了聲音，在這裏爆發了出來？

白奇偉大口喘着氣，聽到了這種連續不斷的慘叫聲會令人發瘋，他再無懷疑，他竭力使自己鎮定，畢竟他受過嚴格的中國武術訓練，在鎮定心神這方面的能力，超人一等。

夜相當冷，可是這時，他卻已經滿頭是汗，冷汗還在他的背脊上任意肆虐，使他感到背上像是爬滿了冰冷的、有着無數隻腳的怪蟲。

不知過了多久，在那麼可怕的慘叫聲中，他的鎮定，在極艱難的情形之下，一點一滴增加，終於使他可以轉動一下頸子——這是他聽到了第一下慘叫聲之後的第一個動作。

他使自己面對呼叫聲的來源。他發現，所有的慘叫聲，全是自河岸的那個大缺口下面傳出來的。也就是說，從那個大瀑布流瀉處傳出來。

他甚至還不是正面對着慘叫聲，已經感到這樣的震動！他真不敢想像，如果正面對着慘叫聲的來源，他這時會怎麼樣。

那個缺口的一邊，推想起來，應該是十公尺高下的一幅斷崖。何以在那斷崖上，會有那麼可怕的聲音發出來？有多少人在那邊？看來至少有好幾百個人。還是那裏，根本是地獄的一個缺口，把在地獄中厲鬼的呼叫聲泄了出來？

慘叫聲來自地獄？還是來自人間？這樣的痛苦悲慘，應該是來自人的內心。唯有來自人內心的慘痛的呼叫聲，才能使聽到的另一個人，也感到人類共通感情上的共鳴。

白奇偉思緒極亂，而且行動上也不受控制，他不住地揮着手，喉際不由自主，發出「咯咯」的聲響，甚至在無意識地喃喃自語：「別叫了，別叫了，求求你們，別叫了，究竟人類內心的痛苦有多深，全都給你們叫出來了，別叫了，別叫了！」

在開始的時候，他還只是在喃喃地說着，但是不多久，他雖然竭力抑制，也變得大叫了起來，他叫的是：「別叫了！」

而且，他也清楚地感到，自己的叫聲之中，雖然痛苦絕望悲慘憤怒的成分，不如那些慘叫聲之甚，但是也足以令他自己感到震驚，而冒出更多的冷汗來。

這時，白奇偉的神智，還保持着清醒，他清楚地知道，這種情形，就像是面對強而有力的催眠，現在還可以憑自己的意志力與之對抗，時間愈久，對自己愈是不利，最後，情緒一定會完全被控制，而完全失去了自己，那麼，照李亞的說法：變成瘋子！

白奇偉想控制着自己不要叫，可是他卻做不到，他雙手緊緊掩住自己的耳朵，不斷彈跳着，一點用處也沒有，慘叫聲，還是一下又一下，利鑽一樣，自他身上每一個毛孔之中鑽進來。

他真的不知自己還能支持多久，他一生中，不知曾經歷過多少驚險，但這是真正使他感到了徹骨恐懼的一次，他甚至全然不知道自己面對的是什麼，什麼也沒有，只有看不見摸不着，但卻又是實實在在存在着的聲音，那麼可怕的，由人類的發聲器官所發出來的聲音。

又過了沒有多久，白奇偉用了最大的努力，才使自己不再叫「別叫了」，但是他還是在叫着，他叫着白素的名字，叫着我的名字，因為這種怪異莫名的情形，使他想起了我的許多怪異的經歷，下意識認為那可以對抗。

他實在無法知道究竟時間過了多久，就在他整個人快要崩潰，快要虛脱，再也支持不下去時，突然之間，在一下比起已經聽到過的慘叫聲更要可怕許多的呼叫聲之後，一切全靜了下來。而那最後的一下呼叫聲，卻令得白奇偉被震撼得再也站不住。

他一下子跌倒在地，身體也因為那一下可怕的呼叫聲，而發生了劇烈的抽搐，變得整個人緊緊地縮成一團。

一直等到那最後一下慘叫聲完全消失，白奇偉才死裏逃生，把他緊縮成一團的身子，慢慢舒展開來，每一下動作，他的骨節，都發出「格格」的聲響。

他終於伸直了身子，慢慢站起，恍若隔世，直到這時，他才想到，自己剛才，如果在聽到第一下慘叫聲之後，就遠遠逃開去，那或者可以不必多受後來的苦楚。

可是，由於第一下慘叫聲一傳入耳，就造成了巨大的震驚，他當時絕未曾想到這一點，而且，在那麼寂靜的黑夜中，他就算逃出去十公里，只怕也一樣可以聽到那種叫聲，黑夜，山路崎嶇，他又能逃出去多遠？

他勉力定了定神，剛才幾乎被摧毀殆盡的勇氣和膽量，漸漸恢復。好奇心也隨之增加。這時，對他來說，為什麼這道河流的水流量，一下子那麼平靜，一下子又如此洶湧，已經完全不重要了。

重要的是，那種如此可怕，如此震撼人心，如此陷於瘋狂一般的痛苦，如此發自內心絕望的慘叫聲，是從什麼地方傳出來的！

他決定過去，察看一下究竟，那個曾是大瀑布的河岸上的缺口，就在對面，他只要涉水過河，就可以到達那個有聲音發出來的斷崖。

河水看起來十分淺，可以看到河底大大小小的鵝卵石，而且，天色也已漸漸明亮了，光亮會使人的勇氣增加。

第一線曙光，令得平靜的河水，反映起閃光，他已經選擇好了一處河牀看來十分平坦的地方下了水。

×　　×　　×

白奇偉一直在敘述着，從他一開始講述起，我和白素，都沒有發出任何問題去打擾。但是當他講到他開始涉水過河，去察看那種慘叫聲的來源之際，我揚了揚手：「等一等再說。」

白奇偉停了下來，由於我思緒十分紊亂，我做着一些沒有意義的手勢。

白奇偉在敘述着的事，本來，對我來說，完全陌生，那是他的經歷，不是我的經歷。

可是，當他講到，他聽到了那種慘叫聲之後的感受和反應，我卻十分熟悉。非但十分熟悉，而且感同身受，彷彿我也曾聽到過這樣的經歷。

然而，我又實實在在，未曾有過和白奇偉同樣的經歷，為什麼我會對一個未曾經歷過的情景，會有那樣熟悉的感覺？

這實在太怪了，我必須靜下來想一想，所以才打斷白奇偉的敘述。

靜寂足足維持了三五分鐘，我仍是一片紊亂，不得要領。白素低聲問：

「你在想什麼？」

我搖頭苦笑：「不知道，我只覺得，奇偉提及那種充滿絕望悲痛的慘叫聲，我……好像也曾聽到過，可是又不能肯定。」

白素和白奇偉兩人互望着，顯然他們不明白我這樣說是什麼意思，事實上，別說他們，連我自己也不知道自己在說些什麼，一切，包括我的思緒，都十分恍惚模糊，有着不可思議的怪異。

我又想了一會，仍然抓不住中心，只好嘆了一聲：「請再說下去。」

白奇偉對我的話有了興趣：「你好像也曾聽到過這樣的慘叫聲？我想不可能，如果你曾聽到過，那一定是你畢生難忘的印象，而不可能只是一種模糊的感覺。」

我道：「是啊，這正是奇怪之處，或許，你的形容太生動，引起了我某種聯想，所以產生了這樣的感覺，這種情形……」

當我在這樣說的時候，我還是遲遲疑疑，沒有什麼肯定的見解。

可是當我說到了「聯想」之時，陡然之間，像是有一股極強的光線劃破了黑暗，在我心底，一直是朦朦朧朧的那種感覺，也在那一剎間，變得清晰無比：我知道為什麼我會有似曾耳聞，甚至感同身受的感覺了。

那蠟像院！

我一想通了這一點，整個人向上直跳了起來。這種突如其來的行動，把白素和白奇偉嚇了一大跳。

我顯得十分激動：「那蠟像院，那四間陳列室中陳列的人像！」

白奇偉仍然疑惑：「那和我的遭遇，有什麼關係？」

我定了定神：「當時，參觀那些人像，受到極大的震撼，我覺得，那些人像，面臨這樣巨大的悲痛，應該會發出撕心裂肺，驚天動地的呼叫聲。」

白素最早明白了我的意思：「當然，陳列室中寂靜無聲。」

我用力點頭：「雖然當時陳列室中沒有聲音，但是看到那種景象，內心深處，像是隱隱感到受苦受難的人發出的慘叫聲。所以，奇偉一說，我就有熟悉的感覺。奇偉聽到的慘叫，正是……」

我一口氣講到這裏，就再也講不下去了。

本來，我想說，白奇偉聽到的慘叫聲，正是那蠟像院中陳列的人像所發出來的。

但這種話之荒誕和不可能，簡直已到了極點。

第一，蠟像不會發出聲音來。

第二，就算蠟像會發出慘叫聲，何以聲音會在幾萬公里之外的巴西被聽到？

白素和白奇偉明顯知道我止住了沒有說出口來的話是什麼，所以他們不約而同搖着頭，表示那不可能。

我吸了一口氣：「當然，那不可能，但是兩者之間，卻不能否認有一定的聯繫。」

白素糾正了一下我的說法：「你只能說，蠟像院是通過人的視覺，使人的心靈受到極大的震撼，受到無窮無盡，極度悲苦的感染。而大哥的經歷，是通過了人的聽覺，達到同樣的震撼。」

我「嗯」地一聲：「正是這樣。這種行動，總由什麼人在主持，他們之間，我想極有可能，有一定程度的聯繫。」

由於心情的緊張和興奮，我聲音急促而嘶啞。我感到，那怪異的蠟像院，既然推測到可能和幾萬里之外的怪聲有關連，那麼，整件事牽涉範圍之廣，規模之大，縱橫距離之巨大，可能遠遠超乎我們所能設想之上。

也就是說，那不是一件小事，而是一樁大得不可思議的大事，雖然我一點也不知道那是什麼的大事，但只要肯定這一點，也足以令人悠然神往。

白素最了解我的心思，看到了我那種興奮刺激的神情，瞪了我一眼：「你提及一定有人在主持這種事，假設蠟像院的一切，全是由那個叫米端的人在主持的，那麼……」

她講到這裏，轉問白奇偉：「大哥是不是也發現了什麼主持者呢？」

白奇偉雙手托着頭，不言不語。

剛才，他也和我一樣感到興奮和刺激，可是這時，他的神態，卻又使人捉摸不透他在想些什麼。

過了一會，白奇偉仍然維持着沉思的姿勢，開口說話：「水很冷，河底的鵝卵石也很滑，要涉水過河，並不是想像中那麼容易……」但是白奇偉還是一步一步，向對岸走去，來到河中心時，河水到他的腰際。

這時，他什麼也不想，根本不去考慮如果河水一下子又變得湍急，他會有什麼結果，他想到的只是一點：要把那些慘叫聲的來源，探究出來。

那種慘叫聲，曾經如此折磨過他，他非要找出它的來源不可。

他大約花了半小時，才拖着濕淋淋的身子——在水最深的時候，他幾乎滑跌了兩次，全身也就因此透濕了——走上了對面的河岸。

白奇偉在那個大缺口的邊緣上岸，一上岸，向下看去，就看到，那裏的確是一片直上直下的斷崖，而在那個大缺口之下的斷崖上，有着一個相當大的山洞。斷崖不過十公尺上下高，那呈不規則圓形的洞口，直徑至少有八公尺。

慘叫聲，當然是從這個山洞之中傳出來的，有了這一個發現，白奇偉十分興奮。當他昨天，面對着這幅斷崖時，他看不到這個山洞，因為自缺口處奔瀉而下的瀑布，把這個山洞整個遮住了。

白奇偉立即想到這樣的地理環境，倒很有點像《西遊記》中的水簾洞——一道大瀑布，遮住了瀑布後斷崖的山洞。

他約略審視了一下地形，開始向下落去。當瀑布存在，斷崖下也是一條洶湧的河流，但這時瀑布已然消失，下面也成了一個淺灘，他輕而易舉，就來到了那個大洞的洞口前。

這時，他心中也不免感到了恐懼。那麼可怕的慘叫聲，如果這時，突然從洞中傳出來，那他真不知道自己是不是能應付得了。

雖然，這時四周圍都十分靜，山洞之中，更不像是有任何聲音發出來。但是昨晚，在第一下慘叫聲入耳之前，何嘗不是極度的寂靜？

想起昨晚的經歷，白奇偉心有餘悸，他不敢貿然進去，如果向位於這種荒僻地區的一個山洞，問「有人嗎」，那也近乎滑稽。所以，他拾起了一塊拳頭大小的石頭，向山洞，用力拋了出去。

他的心情，緊張到了極點，屏住了氣息，集中精神，準備應付最可怕的變化。

石頭拋進了山洞，他聽到了石頭落地的聲音，那一下聲響，在山洞中激起了迴音，傳了出來，聲音十分響亮，令得他有點吃驚。但是聲音很快就靜下來，再也沒有異聲傳出。白奇偉由於事情實在太詭異，所以行事也特別小心，連向洞內拋擲了三塊石頭，又等了半晌，仍然沒有異狀，他才面對着洞口，吸了一口氣，着亮了隨身所帶的強力電筒，向山洞內走去。他一生之中，曾有過不少冒險的經歷，但和這時，他向山洞內走去，步步驚心的情形相比較，自然全是不足道的遊戲。在強力的手電筒光芒的照耀下，明白了何以石塊拋進山洞，傳出來的迴聲異常響亮的原因。原來那山洞的形狀，十分奇特，自入口處起，向深處伸展，上下左右，都在向內收縮。整個山洞的形狀，是一個巨大無比的圓錐形，而這種形狀，最有利於聲波遠傳，所有的傳聲筒，和早期的發音喇叭，以及樂器中的喇叭全是根據這種形狀設計的。

那也就是說，如果在這個山洞的最深處，有聲音發出，就可以通過這個天然的傳聲形狀，傳出極遠去。

他昨晚在對岸，聽到的那種慘叫聲，是不是由這個山洞的極深處傳來的呢？

一想到這一點，白奇偉又遍體生寒。因為這時，他已經走進了山洞，在山洞深處，如果突然有這種慘叫聲傳出來，加上山洞四壁的迴音，情形一定比昨晚還要恐怖幾十倍。

好幾次，他幾乎想在沒有什麼變故發生，可以全身而退時，急急轉身離開，可是他畢竟十分勇敢，儘管心頭的恐懼，在一分一分地積聚，可是他還是一步一步，向前走着。

那山洞的四壁，相當平滑，並不如一般山洞那樣，怪石嶙峋。這種平滑，甚至給人以這個山洞，是人工開鑿出來的感覺。

白奇偉在事後，對於自己能在這樣的情形下，仍然堅定地一步一步的向前走，儘管起了好多次退縮的念頭，但絕未付諸行動，感到相當程度的驕傲。

他數着步數走進去，在一百五十步之後，電筒的光芒，已照到了山洞的盡頭。

由於山洞是錐形，一直在向內縮小，所以到了山洞的盡頭時，已幾乎可以碰到頂上的山壁了。盡頭處，是一幅看來十分平整的石壁，除非能穿壁而過，不然，再無去路。而一路行來，也沒有什麼別的發現。

這令得白奇偉有相當程度的失望，因為看來，這只是一個平平無奇的山洞，那些慘叫聲，是不是由這個山洞傳出來的，也是疑問。

在山洞中既然沒有發現，再逗留下去，自然也沒有意義。他轉過身來，背靠着盡頭處的石壁。在這時，他面對着洞口，可以看到洞口的光亮，整個人如同處身在一個巨大的傳聲筒之中。

這種情形，令他忽然想起：如果自己這時，忽然大叫一聲，聲音不知道可傳出多遠？

他是一個想到就做的人，一想到，立時吸了一口氣，張口大叫了一聲。

他已預期到自己的叫喊聲，會激起巨大的迴聲，可是也絕料不到，迴聲的反應，竟是如此之猛烈，剎那之間，像是有千百個人，立即跟着他在大叫，迴聲的激盪，甚至使他的身子，有了搖擺震動的感覺。

山洞之中的迴聲，漸漸靜下來，他還彷彿可以聽到，自己剛才那一下叫聲，正在遠遠向着山洞口外，傳了開去。

等到所有的聲音全都靜下來，他才吁了一口氣，不敢也不想再試第二次了。

這時，他仍然是緊貼着盡頭處的石壁站着的，後腦靠在石壁上，就在他準備起步，走出山洞去的那一剎間，他突然聽得，在他的腦後，傳來了一下低低的、幽幽的女性嘆息聲！

那只是極輕的一下嘆息聲！可是白奇偉聽到了之後，所受到的震盪之大，真是無與倫比！

他整個人陡地向上彈跳了起來，山洞在盡頭處，不會比他的體高高多少，這一跳，令得他的頭頂，重重撞在洞頂之上。這一下撞擊，令得他眼前金星直冒，幾乎昏過去。

而就在這時，他又聽得洞口處有聲音傳了過來，有人在叫他：「白先生，你在哪裏？剛才我聽見你的叫聲，你在哪裏？」

白奇偉頭上奇痛無比，思緒也未能集中，依稀辨出，那是李亞在叫他。他這時，也來不及回答，剛才那一下幽幽的嘆息聲，實在太令人震驚了，他陡然一個轉身，先後退了一步，才用電筒，向前一照。

前面，依然是一片山壁，剛才那一下嘆息聲，難道竟然透過了山壁傳過來？他用力在面前的山壁上踢了幾下，發出的聲音是堅實的。這時，白奇偉真是疑惑之極，剛才那一下嘆息聲，竟然是幻覺？那實在不可能，因為那下嘆息聲雖然低，卻可以肯定，由一個女人發出，嘆息聲倒並不悲苦，而只是充滿了無可奈何的落寞，像是一個心境寂寞之極的人所發。那怎可能是幻覺？幻覺怎能給人如此深切的感受？

不是幻覺，就一定有一個實實在在的人在發出這下嘆息聲。

先別問這個人是什麼人，最重要的是：這個人在什麼地方？

白奇偉的氣息，不由自主，急促起來，這時，洞口又傳來李亞的聲音：「白先生，你在山洞中？我不敢進來，請你快出來。」

李亞的叫聲，再加上山洞中轟轟的迴聲，令得白奇偉心中十分焦躁，他先向洞口回了一句：「你別再叫，我立刻就出來。」

等到他和李亞的聲音全都靜了下來，白奇偉才定了定神，向着洞壁，用十分低沉的聲音道：「我剛才明明聽到了你的嘆息聲，我不知道你是什麼人，也不知道你在幹什麼，更不知道你在哪裏，但是我真心誠意，請你和我接觸。」

他講了那番話之後，等了一會，才又道：「可以用你認為適合的任何方式。」

他又等了一會，仍然一點反應也沒有，他只好嘆了一聲：「如果昨晚我聽到的那些呼叫聲，和你有關，那你一定是最了解人類痛苦的人，請考慮我的提議。」

他又耐心地等了十分鐘，山洞之中，除了他自己急促的喘息聲之外，一點別的聲音也沒有。

白奇偉轉過身去，看到山洞口，影影綽綽，像是有人影在晃動，那自然是等他出洞去的李亞。

白奇偉心中十分亂，當他開始向外走去的時候，他還在想，一定要再進這個山洞來探索一番，自然不是空手進來，而是要攜帶各種可能的工具，例如，那幅山洞盡頭處的石壁，就值得鑽開來看看，後面是不是有人躲着。

他甚至也想到過，那一下嘆息聲，會不會是石頭所發出來的？傳說中，有一些石頭會發出聲音，墨西哥一處沙漠之中，有著名的「哭泣的石塊」，會發出類似嗚咽的聲音，埃及著名的「孟能巨人」，就是石頭鑿成的，據說是會說話的石像，在記載之中，甚至說它會哼出小調來。

白奇偉在雜亂的思緒中，步出了洞口，陽光普照，他看到李亞以十分訝異、駭然的神情，望定了他。

白奇偉先開口道：「別這樣盯着我，我並沒有變成瘋子。」

李亞有點結結巴巴：「白先生……你昨天晚上，沒有聽到……鬼哭神號的聲音？」

李亞的話，喚醒了白奇偉昨晚那可怕經歷的回憶，他不由自主，打了一個寒噤：「聽到了，那真會使人發瘋，幸而我支持下來了。你……也聽到了？」

李亞的神情，有點慚愧：「我深信……會有可怕的鬼哭神號聲，所以在和大隊會合，我竭力主張盡可能遠遠離開，我們紮營在……至少十公里之外，可是……也還是隱約聽到了異聲……好些人都心驚肉跳，我們要燃着大堆篝火，大聲唱歌、舞蹈、喝酒，來對抗這種異樣可怖的聲音，白先生，你……」

白奇偉苦笑了一下，指着那洞口：「你早知這種聲音是從那個山洞中發出來的？」

李亞道：「我不能確定，傳說是這樣講，所以，從來也沒有人敢走進這個山洞，白先生，你真大膽，今天天沒亮我就來找你，聽到像是你的聲音從山洞中傳出來，白先生，白先生……快走吧。」

白奇偉定了定神，心想叫李亞幫忙，是不可能的了，其餘人也未必肯參加，還是自己獨力進行的好，在未曾有新的行動之前，最好對那種「傳說」，再有進一步的了解。他本來對李亞口中的傳說，一點也不相信，但有了昨晚和剛才的經歷，他的觀念完全改變了。

他要求李亞再詳細一點告訴他有關傳說的一切，李亞沒有什麼更大的補充，只是道：「每當這裏出現瀑布，就會有可怕的鬼哭神號，時間不一定，或者十年八年一次，或者三五十年一次。」

白奇偉道：「從來沒有人進這洞去探索？」

李亞叫了起來：「我的天，除了你之外，我們連想也不敢想。」

白奇偉道：「我剛才在山洞中停留了不少時間……有了一點小發現，還需要進一步探索，你回大隊去，幫我搬點工具。」

李亞用駭然之極的眼光望着白奇偉，顫聲道：「白先生，人的力量有限，別……去觸犯鬼神。」

白奇偉不想和他在這個問題上糾纏下去，喝道：「照我的話去做，我要一部發電機，一個風鑽，一台錄音機，還要……」

白奇偉陸續説出了他要的東西：「你告訴隊裏，我在這裏耽擱幾天，會趕上大隊。」

李亞雖然答應着，但神情還是極度遲疑，白奇偉一再要他走，他才留下了一些食物離去。

白奇偉在洞口，狼吞虎嚥地把食物吞下肚去，他一點食慾也沒有，進食只為了維持足夠的體力。

他一直面對山洞坐着，這時，他已經有一種莫名的第六感，感到在那山洞中，隨時可能有人走出來，這是一種十分虛幻的感覺，當時他何以會有這樣的感覺，連他自己也説不上來。

他又進了那山洞兩次，一直來到盡頭，伸手拍打着那塊石壁，然後又退出來等李亞。李亞在三小時之後，才帶了幾個人，把白奇偉要的東西送了來。

李亞仍然以十分憂慮的神情望着白奇偉，白奇偉又好氣又好笑，指着那山洞：「這山洞不會超過二百公尺深，裏面乾淨得很，什麼也沒有。」

李亞有他自己的看法：「既然什麼也沒有，還有什麼好探索的？」

白奇偉道：「山洞盡頭處，好像有點……古怪，我想鑽開看看。」

李亞面如土色，又望了白奇偉半晌，想來他知道再勸也沒有用，所以長嘆一聲：「白先生，多保重。」

那幾個搬運東西來的，全是僱用的當地土人，那些人說什麼也不肯走近山洞口，離洞口至少還有三十公尺，就把所有的東西放下，然後，像是背後有一群馬蜂在追逐，奔了開去，奔出了老遠才停下，遠遠看着。

白奇偉走向他們，想問問他們這個山洞的情形，可是所有的土人，只是神情駭然地搖頭，沒有一個肯說一句話，弄得白奇偉啼笑皆非。

靠着李亞的幫忙，把搬來的東西，全都移到了洞口，李亞帶着人離去，白奇偉先發動了發電機，然後接上了有相當長電線的一盞強烈射燈，推着射燈的支架，把射燈推進山洞去。

射燈的光芒極其強烈，比起手電筒來，自然不可同日而語，山洞之中，登時大放光明，他又帶了電鑽進去，一直來到了將近山洞的盡頭處。

白奇偉固定了射燈，射向盡頭處的那幅石壁，然後，雙手托起了電鑽，對準了那幅石壁。

他已經預料到，電鑽一開動，發出的聲響，在這種形狀的山洞中，一定會發出震耳欲聾的迴聲，所以他也已早有了心理準備，先深深吸了一口氣。就在他的手指，準備按下電鑽的啟動掣時，忽然，在他的身後，又傳來一下低低的嘆息聲。

必須把白奇偉這時在山洞中的情形，寫得詳細一些，才會對接下來發生的事，有較有條理的了解。

白奇偉這時面對着山洞盡頭處的石壁，射燈的光芒，在他身後大約二十公尺處向前射，使他可以把那幅石壁，看得清清楚楚。

而那一下嘆息聲，在他的身後傳出，和他第一次聽到同樣的嘆息聲時，處境有點不同。

（他一聽到那一下低低的嘆息聲，立即就可以肯定兩下嘆息聲，是同一個人發出來的。）

第一次聽到那怪異的嘆息聲，背靠着那幅石壁，而這一次，他面對着石壁。忽然之間聽到身後又有嘆息聲，白奇偉第一個反應，自然是立即轉過身去。

他一轉過身，就發現情形對自己極其不利。

因為一轉個身，射燈的強烈光芒，就直射向他，在強光之下，他幾乎睜不開眼來。也就在那一剎間，當他瞇着眼，盡力和強光對抗，他看到了就在射燈之前，有一個相當高佻頎長的人站着，從窈窕的身形來看，那顯然是一個女性。

陡然之間，發現有人出現，白奇偉又驚又喜。可是那人站在射燈前面，背對着光，白奇偉卻面對着強光，白奇偉只能依稀看到有一個人站在那裏，至於這個人是什麼樣子，自然一點也看不清楚。

而他，則整個人都暴露在強光之下，對方一定可以將他看得清清楚楚。

白奇偉一看到了有人，立時向前跨出了一步，可是這時，由於他心中的驚奇、惶亂、震動，他一步跨了出去，腳在電鑽的電線上絆了一下，一個站不穩，手中又拿着沉重的大型電鑽，所以竟然向前摔了出去，重重地摔倒在地上，若不是在跌出之前，先機警地把電鑽拋了開去，沉重的電鑽，若是砸在他的身上，非受重傷不可。

饒是如此，這一交還是摔得不輕，跌一交，以白奇偉的身手，自然不當一回事，可是卻摔得狼狽之極，他立時一躍而起，只聽到那女人又發出了一下嘆息聲，而且居然用十分動聽而低沉的聲音問：「唉，你想做什麼？」

很簡單的一句話，語調十分真摯，有着幾分責備，也有着幾分關切。

白奇偉乍一見到有人，由於昨晚可怕的經歷，自然而然，對這個突然出現的人，懷有敵意，因為一切實在太不可測。

然而，那句問話一入耳，他十分自然地吁了一口氣，本來極其緊張的心情，陡然放鬆，而且一切來得那麼自然，彷彿那個在眼前的人，是自己相識已久的親人，根本不需要對她有任何敵意。

他抬直了身子，盯着前面，仍然看不清對方的樣子，他問：「你是誰？」

對方並沒有回答，白奇偉又向前走去，但他只跨出了一步，那女人又用十分柔軟親切動聽的聲音道：「請留在原來的位置上，我們或許還能交談，你要是再走近我，連交談的機會也沒有了！」

白奇偉一時之間，不明白她這樣說是什麼意思，但是那種語調，有一股叫人自然想聽她的話的力量。白奇偉心中的感覺絕不是命令，而是感到是在接受一種懇求，使他覺得作為一個男性，有責任去接受那麼溫柔的懇求，一種來自女性的懇求！

他真的站着不再向前走，可是他還是道：「那太不公平了，我一點也看不清你，你卻可以把我看得清清楚楚！」

那女人又短嘆了一下（她十分喜歡嘆息，幾乎一句話之前，都有不同韻調的詠嘆，這使她的話，聽來也更加動人），道：「世上有什麼事是公平的，請舉一個例子來聽聽！」

白奇偉怔了一怔，一時之間，還真舉不出什麼例子，他道：「你是什麼人？昨天晚上那種幾乎令人瘋狂的聲音，是你弄出來的？」

那女人又是一聲長嘆：「聲音一直在，只不過由於水流陡然加大，形成了瀑布，瀑布的流瀉，產生了大量陰電子，使得空氣的結構起了變化，令得本來人的耳朵聽不到的聲音，變成聽得見。」

白奇偉用心地捕捉着對方所説的每一個字。這時，他有點心神恍惚，不能肯定，自己究竟是在聽那女人的話，還是只在聽她的聲音。

但無論如何，那女人所説的每一個字，他都聽見了，可是以他的識見，這一番話，他無法徹底明白是什麼意思。

所以，等那女人講完之後，他呆了一會：「你還沒有告訴我，你是什麼人，或者，至少讓我看一看你，你在這裏幹什麼？」

他一口氣問了好幾個問題，可是對方一個也沒有回答，只是道：「我也不問你是誰，趕快離開這裏吧！人類最愚蠢的行為之一，就是喜歡做自己做不到的事。聽我説，趕快離開！」

白奇偉忙道：「我可以離開，可是……」

他自然想進一步弄清楚許多事，可是他答應可以離開，卻也是由衷的。他一面説，一面急急向前走出了幾步，而就在這時，他聽到了一下輕微的「拍」的一聲，射燈被熄掉了。

射燈的光芒十分強烈，而且一直正面照射着他，如今燈光驟然熄滅，他在那一剎間，變得什麼也看不見，眼前只有一團團紅色和綠色的幻影，在黑暗中飛舞。他立時站定，卻聽得一下令人心碎的長嘆聲，正自近而遠，迅速離去。

白奇偉只能說他肯定發出嘆息聲的人在迅速離去，而無法確切地感覺出她是在向什麼方向離去。

他發起急來，叫道：「你別走。」

他的叫聲，在山洞中激起巨大的迴聲，他一面叫，一面雙手揮舞着，雖然在什麼都看不見的情形下，還是急速向前奔着，不一會，他就碰到了射燈的支架，而且將之推倒。

射燈的燈泡，在支架倒地之際破裂，發出的炸裂聲，簡直就像一顆小炸彈爆炸。

白奇偉定了定神，先閉上眼睛一會，燈泡炸裂聲所引起的迴聲靜止，他才睜開眼來。

光線從洞口射進來，自然不是很明亮，但也可以肯定：山洞之中，除他之外，別無他人。那女人已離開山洞了。白奇偉當時想到的只是：這女人行動好快，一定要快點追出去，不然，就可能追不上了。

所以，他不再理會跌倒的支架，一躍而過，向山洞口奔去。

他用極快的速度，奔出了山洞，可是站在洞口，四面看去，一片寂靜，哪裏有半個人影？

一切那麼平靜，白奇偉真疑心剛才聽到的聲音，看到的人，全是自己的幻覺。

然而，聲音、人影可能是幻覺，射燈的突然熄滅，總不會是幻覺吧。

白奇偉登上了一幅地形較高處，四面看看，仍然不見有人，他就開始大叫：「不論你躲在什麼地方，我都要把你找出來。」

白奇偉當時對於把那個女人找出來，確實大具信心，認為那至多不過是一場規模較大的捉迷藏遊戲。

可是在三天之後，白奇偉精疲力盡，雙眼之中，佈滿了紅絲，聲音嘶啞，還是在三天之前，口發豪言之處，叫出了完全不同的另外幾句話：「你在哪裏，請你再現身和我相見一次。」

當然，不論他口發豪言也好，哀求懇告也好，一點回音都沒有。

× × ×

白奇偉敘述到這裏，停了下來。

我和白素兩人，駭然互望。

他在事先說明，他的經歷，有很多地方，全然不明所以，根本不知道發生了什麼事，我們再也想不到，事情竟然怪異到這種程度。如果換了一個人，對我們敘述這種荒誕的經歷，我們一定不會相信，可是，有這樣經歷的人是白素的哥哥，一個極有知識的人。

白奇偉的神情茫然，我見他半晌不出聲，就問：「以後呢？以後怎麼樣？」

白奇偉苦笑了一下：「什麼以後怎麼樣？她再也沒有出現，我在那山洞附近，找了足足一個月，也沒有發現她的蹤迹。」

我「唉」地一聲：「就算她站在你對面，你也認不出她來，你根本不知道她什麼樣子。」

白奇偉沉聲道：「可是她的聲音，我絕不會忘記，一定可以認得出來。」

白奇偉的神情，這時有一種難以形容的怪異，說是憂傷，看來又有幾分興奮，一般來說，只有自以為失戀的少年人，才會有這種古怪的神情。

這更不可思議，白奇偉對那個神秘莫測的女人，莫非是另有感情？

我又問：「這一個月內你不斷尋找？用了一些什麼方法？」

白奇偉瞪了我一眼，叫着我的名字：「我要找起一個人來，辦法決不會比你少，而且，這個人若是存在，一定會被我找出來。」

聽得他這樣講，我自然更加駭然：「那你是說……這個曾和你在山洞中見過面的女人……根本不存在？」

白奇偉緩緩搖着頭：「我不知道，一切全是那樣怪異，從那種悲慘的呼叫聲開始……一切全是那麼怪異。」

我無法再說什麼，向白素望去，想聽聽她的意見，白素笑：「看來，大哥遇上了掌管悲慘之聲的女神了。」

我一聽，剛想說「這像話嗎？」誰知道白奇偉竟然道：「也只好這樣想，不然，怎麼解釋呢？」

我忍不住哈哈大笑起來，他們兩兄妹立時向我望了過來，我道：「你的遭遇，可以分開兩部分來說，第一部分，你聽到了悲慘的叫聲，這種呼叫聲，聽了之後，幾乎令人瘋狂。」

白奇偉點着頭。我攤了攤手：「因為我未曾到過現場，也沒有聽到過這種悲呼聲，所以我也無從解釋……」

白奇偉一瞪眼：「這不是廢話嗎？」

我道：「才不是，你曾提及錄音設備，河流上游的水一定會再漲，瀑布會再出現，瀑布過後，也就會再有那種悲呼聲，你可以將之錄下來。」

白奇偉吸了一口氣：「誰知道要等多久？」

我道：「齊白為了盜墓，可以花上一年的時間，你最多也不過等一年吧。」

白奇偉神情有點猶豫，白素道：「這沒有必要，總之，我們知道，有這樣充滿了悲苦絕望的聲音自那山洞中發出來就是，重要的是那個突然出現的女人。」

我沒好氣地道：「你不是說她可能是一個女神麼？上哪兒去找一個女神去？」

白素不理會我的譏諷：「大哥，你後來有沒有用電鑽去鑿山洞盡頭的石壁？」

白奇偉點頭：「有，可是一點發現也沒有，石壁後面，看來是整座山，不會有什麼別的。而且，我也不想試了，我幾乎因為電鑽發出的聲響，而喪失了聽覺。」

白素又想了一想：「當時，你面向着強光，看東西自然困難，那女人的衣著是怎麼樣的？」

白奇偉的神情，十分懊喪：「根本看不清，看出去，只是影影綽綽的一個人形，是女人。」

白素道：「你們的工作組之中……」

白奇偉立時道：「沒有女性。」

白素又不出聲了，過了一會，她站起來，來回走了幾步：「她曾在那地方出現，如果你再想見她，非得再到那裏去不可。」

白奇偉呆了片刻：「我六神無主，所以，特地想來聽聽你們的意見……再到那裏去，等她出現，如果她不出現呢？」

白素突然說了一句聽來像是毫不相干的話：「那要看你想再見她的目的是

什麼。」

我聽了之後，陡地一怔，白奇偉整個人都怔呆着。

我心中「啊」地一聲，知道白素也看出了她哥哥對那個神秘女人，多少有點異樣的感情在，所以才會說出這樣的話。

果然，白奇偉呆了半晌之後，才喃喃地道：「不……為什麼，甚至什麼都不為，不會再向她問任何問題，我只再想……聽聽她的嘆息聲，也是好的。」

他說得那麼真摯，一點也沒有開玩笑的意思，我失聲道：「天，你在戀愛！」

白奇偉陡然震動，向我望來，神情疑惑：「是麼？我可從來沒有想到，怎麼可能呢？」

我苦笑了一下：「你當然早已想到，只不過由於事情實在太荒誕，荒誕到了你自己也不敢承認的地步。」

白奇偉神情苦澀：「也許是……那麼，你也認為我要到那裏去等着？」

我悶哼了一聲：「隨便，或許，精誠所至，金石為開，那女人是女神也好，是女妖也好，會被你感動，出來見你的，哈哈。」

我的笑聲才一出口，白素已大有怒意地道：「很好笑嗎？我不覺得。」白素很少表示這樣強烈的反感，我一怔，不敢再說什麼。

白素過了片刻，已回復了正常：「照我看，這位女士，一定有非常特別的身分，她能解釋那種悲慘呼叫聲的來源，自然和那種聲音有關，就像米端和那些表達痛苦絕望的人像有關一樣。」

我舉起了手：「對這個結論，我沒有意見。」

白奇偉長嘆一聲：「我對什麼都沒有興趣，只對再見到她有興趣，我……這就走了，一有了結果之後，自然會和你們聯絡。」

看他神不守舍，我心中十分不忍，但是他早已是成年人，自己知道自己應該怎樣做，而且他又自信，性格執拗，看來任何勸說，都不會有什麼用處，所以還是不說的好。我只好道：「也不急在這幾天，既然來了……」

白奇偉用力一揮手：「不，我離開，可能已經錯失了機會，不能再浪費時間。」

白素用十分諒解的神情，望着他：「或許，每次有那種悲慘叫聲傳來，她就會出現？」

白奇偉「嗯」地一聲：「我倒沒有想到這一點。嗯，每次有慘叫聲傳出，她就出現……而每次要有水流增加，有了瀑布，才會有這種叫聲發生……」

白奇偉像是在自言自語，但是我聽了不禁有點駭然：「你想去製造一次水流量增加，形成一道瀑布？」

白奇偉苦笑，伸手向上指了一指：「我又不是上帝，哪有能力去製造一個瀑布。」

我沒有再說什麼，我對那一帶的河道情形，不是很熟悉，我是怕白奇偉要是胡鬧起來，很可能會令得上游的河道改道，以形成驟增的水量，但當然不必提醒他可以這樣做。

白素看到白奇偉這種傷感的神情，十分關切，可是她也沒有辦法可想，還是白奇偉自己在安慰自己：「不要為我擔心，如果有緣再見，始終會再見的。」

我笑了起來：「你能想得那樣透徹，不會有人為你擔心。」

白奇偉苦澀地笑，向門口走了幾步，看來想就此離去，但是又有點不捨得，又轉過身，向着沙發，神情有點遲疑。

白素一看到這樣情形，忙向我使了一個眼色，我會意，忙握着一瓶酒，取過了酒杯，給每人都倒了一杯酒，又引起了話題：「真想不到，不久之前還在這裏高談闊論的藝術大師，轉眼之間，會葬身火窟，人生真太不可測。」

白奇偉也嘆了幾聲，我和白素都盡量找一點話題，事實上，大家都不想就此分手，可是白奇偉又急着要走，講了一會，我們的話題自然又回到白奇偉曾遇到過的那個女人身上。

可是這位女士神秘得全然無法作任何想像，一提到了她，反而倒沒有什麼話可說了，白奇偉也坐立不安，終於，他放下酒杯，站了起來：「我要走了。」

白素和我都想不出有什麼可以挽留的話，白奇偉長嘆一聲，向門口走去，他才來到門口，門鈴聲驟然大作。

白奇偉順手打開了門，門外站着的人是黃堂，臉上帶着怪異莫名的神情。

任何人一看，就可以知道他遇到了怪異莫名的事情。

黃堂一看到我們，就喘息着：「你們全在，那真太好了，真怕你們不在。」

我揚了揚眉：「有什麼發現？」

黃堂一面走了進來，一面不住揮着手，神情仍然那樣怪異，可是又不說什麼。白素趁機道：「大哥，黃先生一定有點發現，你不妨聽了再說。」

白奇偉咕噥了一句，我不是很聽得清楚，大抵是「他會有什麼發現」之類。

黃堂就在白奇偉身邊，他多半聽到白奇偉說些什麼，他立時衝着白奇偉一瞪眼：「不會有發現？我的發現，可以說是宇宙間最怪的怪事。」

第五部

黃堂調查之後發現的怪事

我聽得黃堂這樣說，也不禁愕然，他十分踏實，生性並不誇張，而這時，他的話卻十分誇張，他不說「世界上最怪的怪事」，而說「宇宙中最怪的怪事」，真是不尋常之至。

白素也熟知黃堂性格，所以她的感覺和我完全一樣。

白奇偉和黃堂只是初識，聞言「哼」地一聲：「宇宙間最怪的怪事，已經叫我遇上了，你不論遇到什麼，至多只是第二奇怪。」

黃堂自然沒有和他在「排名」問題上糾纏，他看到几上有酒，拿起酒瓶來就喝了一大口，然後，坐了下來，又站了起來，坐立不安，把在旁邊的人，都弄得心緒繚亂。

他又站了起來之後，才道：「昨天的那場大火，應該是……不，不是應該是，事實上是三十年之前發生的，你們信不信？」

他既然一開始就說有「宇宙間最怪的怪事」，聽的人，自然也有了心理準備，準備聽到怪誕不過的事。可是他說了出來，聽的人還是無法明白，或者說，無法接受。所以一時之間，當他睜大了眼睛，想觀察我們的反應，我們三個人，全一樣：一副莫名其妙的神情，不知道他在講什麼。

我最先開口：「請你說明白一點。」

黃堂道：「那場大火發生的時間，應該是三十年之前，精確地說，是二十九年十個月零二十天前。」

我只好笑道：「我還是不明白。」

黃堂提着一個公事包進來，這時，他又喝了一口酒，打開了公事包，取出了一些影印的文件來，把其中一張，放在我們面前，道：「請注意報紙的日期。」

報紙的日期，接近三十年之前，影印的是一頁社會新聞版，記載着一宗火災，一看報紙，我就明白了，報上有着照片，有屋子失火之前，也有烈焰沖天時的照片，地址和屋子，一看就可以知道，那地方就是米端的蠟像館。

這就是黃堂口中的「怪事」？白素修養比較好，我和白奇偉沒有那麼好脾氣，一明白了是怎麼一回事，忍不住哈哈大笑，白素雖然未曾笑出聲來，但也口角帶着微笑。

黃堂卻冷笑了一聲：「我知道你們心中在想些什麼。三十年前的一場火，燒了這幢屋子，哪有什麼怪的？後來，又造起來了一幢一樣的房子，再度失火，是不是？」

白奇偉「哈」地一聲：「除了是這樣之外，我看不出還能想到什麼地方去。」

黃堂吞了一口口水：「我查這建築物的業主是誰，才查到三十年前火災紀錄。查到了火災紀錄，自然再查何時重建，可是怪事來了，三十年來，全然沒有重建這幢建築物的紀錄。」

我們三人都不出聲，沒有紀錄，並不等於沒有重建。事實明明白白放在那裏，有這樣一幢建築物，被改作了蠟像館，昨夜，又被大火焚毀。

黃堂繼續道：「沒有紀錄，不等於沒有重建，是不是？我再查下去，查到了業主，業主姓李，有兩子一女，早已移民到了外國，事業十分成功。老業主早已死了，那屋子三十年前起火時，是一幢空屋子，火災發生，業主的代理律師曾寫信去徵詢那兩子一女的意見，三個人意見不一，有的要把土地賣掉，有的不肯，一直沒法取得協議，而產權又是他們三人所共有，非三人一致同意，不能作任何處理，所以，空地也沒有清理，用高高的圍板圍起來。」

黃堂一口氣說到這裏，才停了下來，等我們的反應。這次竟然是白素先開口：「你是說，自上次火災之後，那地方，一直沒有任何建築物？」

黃堂用力點着頭，我和白奇偉又想笑，但白素接着又開口，她的措詞，真是客氣之極：「黃先生，好像有點不合理，這幢建築物，明明存在着，你雖然未曾看到過它，但是也看到了它才被火焚燒毀掉的情形。」

黃堂吸了一口氣：「怪就怪在這裏，我這個結論，自然太古怪，於是，又去訪問了一些在那附近居住的人。」

黃堂續道：「一共訪問了五十個，每一個人的答案，幾乎全一樣。」

白奇偉道：「別告訴我們那些人說，從來也沒見過那幢建築物。」

黃堂道：「不是，他們的回答……他們沒理由說謊，而且就算說謊，也不可能這樣眾口一詞，可知他們說的一定是事實……」

我忍不住叫了起來：「那些人究竟怎麼說，你先複述出來，別忙作分析。」

黃堂還是補充了一句：「我們訪問的人，都揀年紀比較大，在附近住得久的，有兩個，還記得當年的那次火災。他們也都知道，火災之後，廢址用圍板圍起來，一直沒有人理會，他們也記不得是哪一天，圍板拆除了，建築物重又出現。」

我哼了一聲：「這有點說不過去吧，忽然多了一幢屋子，竟不知是什麼時候多出來的？」

黃堂道：「那屋子的地形，你們也知道，離最近的屋子也相當遠，地點又僻靜，經過的人並不多。大都市，人人都生活忙碌，也不愛理人閒事，自然不會多加注意。」

我們三人都不出聲，黃堂又道：「而且那屋子只是一幢平房，現代建築技術，造起屋子來速度極快，連高樓大廈都可以在不知不覺間一幢幢造起來，十天半個月沒經過那地方，忽然又有了房子，自然也不會引起太大的注意。」

我搖頭道：「這種解釋，牽強得很，幾乎不能成立。大都市的人對身邊的事不關心，那是事實，但也不能到這種程度。」

白奇偉笑了一下：「黃先生，你剛才說屋子從來未曾重建過，現在又竭力想證明有這幢屋子的存在，這不是自相矛盾嗎？」

黃堂緩緩搖頭：「屋子一直存在，三十年前未曾失火之前，一直在。」

我又有點莫名其妙：「什麼意思？火燒之後就沒有了，再出現，一定是重造的。」

黃堂又深深吸了一口氣，忽然轉了一個話題，並且作了一個手勢，叫我們別打斷他的話：「訪問者的回答，正如衛斯理所說，就算經過假設，也牽強得很，幾乎不能成立，我自然要再查下去……深入調查，問題愈來愈多，根本沒有人見到屋子重建的情形，也沒有任何建築公司承建過屋子，也沒有任何部門批准過重建圖樣……屋子是突然出現的，不多久，就變成一家並不受人注意的蠟像館。」我們三人互望着，仍然不是很明白黃堂究竟想表達些什麼。黃堂道：「這實在使我想不通，忽然之間多了一幢屋子，雖然說在私人產權的土地上，但竟然完全沒有人對之發生懷疑，似乎順理成章，應該在那裏，這不是十分古怪嗎？委託律師行也說，三個共同業主從來未曾和他們聯絡過。」

黃堂所說的事，漸漸有點趣味，的而且確，十分怪異，但是如果承認了屋子是在很短時間內偷偷蓋起來的，也就一點都不怪！

雖然作這樣的假設，也不是很合理，蓋一幢屋子，又不是搭積木，怎麼可能一點也不給人知道？就是米端——假設蓋屋子的是他，看中這塊地空了很久，也了解到這塊地有產權的糾纏，至少在一個時期之中，不會有人管。所以他就私自在這塊空地上造起房子來，他也無法令所有造房子的紀錄消失的。

我道：「你有什麼樣的假設呢？」

黃堂的口唇掀動了幾下，卻又沒有出聲，過了片刻，他才道：「我確然有一個設想，這設想……是我訪問的一個老人所說的話引起的……這位老先生已經七十歲，精神還十分好，在附近居住了將近四十年。」

他的神情十分嚴肅，所以雖然他說得太嚕唆，我們還是耐心聽着，並不去打斷他的話頭。

黃堂繼續着：「那幢屋子，他開始在那附近居住的時候，已經在了，他對之也有一定的印象，後來，屋子失火，他從頭到尾看着那屋子毀於火災，印象也十分深刻，屋子失火那年，他是中年人，自然有足夠的智力，留下深刻的印象。」

我們仍然維持着耐心，而且知道他說得如此詳盡，一定有道理。有許多事，確然需要原原本本，從頭說起。不然，事後有不明之處，解釋起來，更加麻煩。

黃堂停了一停：「遇了這樣的一個人，我自然要好好詳細問一問，他說在一個月，還是不到一個月之前，經過那地方，還看到圍板在，再一次經過，就看到出現了那幢屋子。」

我插了一句口：「那是什麼時候的事情？」

黃堂答：「大約半年之前！」

大約半年之前，那也就是說，米端的蠟像館，開始至今，不過半年多，難怪知道的人不多。陳長青算是消息靈通，他早就去看過，還在我面前提過許多次。若不是我經過那地方，只怕我還不會去參觀。

黃堂還在等我問問題，我作了一個請他繼續講下去的手勢。黃堂道：「他對我說了他乍一看到那幢屋子的感受，我記錄了下來，大家聽聽？」

我們一起點頭，黃堂在公事包中，取出了一部小錄音機來，解釋着：「我們在路邊交談，錄音不是很理想，可是還聽得清楚。」

他說着，按下了錄音機的掣鈕，不一會，就聽到了一個老人的聲音，黃堂說這位老先生的精神好，那毫無疑問，因為不但聲音宏亮，而且說的話，條理分明，一點沒有夾纏不清。

他的語調十分感慨：「我一看到忽然空地上有了屋子，立即蹲下來看，心想，現在蓋房子好快，上次經過的時候，明明還是空地，我停下來只看了一眼，就可以肯定，房子完全是按照多年之前……大約是三十年之前被一場火燒掉之前的樣子重建，一模一樣，簡直是一模一樣。」

黃堂插了一句：「完全一樣？就算照樣重建，也不可能完全一樣的啊。」

老先生道：「是啊，可是在我的感覺上，真是一模一樣，我站在這房子之前，就像是時光忽然倒退三十多年，這是一種很奇妙的感覺。」

老先生講到這裏，黃堂按下了暫停掣，向我望了過來：「衛斯理，你進過那個蠟像館，你覺得那屋子，像是半年之前新建的嗎？」

我想了一想，心中不禁慚愧，因為全然未曾留意。一進去，米端正在大發議論，注意力被他的話所吸引，接着，看到了那些陳列的人像，誰還會去注意屋子是新蓋的還是舊的？誰又知道以後會發生那麼多怪事？

不過，模糊的印象，還是有的。新蓋的房子，總會在一段時間內，有一種特殊的氣味，而一切裝飾，自然也應該有新得令人注意之處，可是蠟像館中，一點這種迹象都沒有。

所以，我想了一想：「當然我沒有留意，但是……沒有進入新屋子的感覺。」

白奇偉揮了一下手：「黃先生，你想證明什麼？那位老先生的話，也不像是能啟發什麼。」

黃堂點頭：「再談下去，有點啟發。」

他令錄音機重新操作。

於是，我們又聽到了黃堂和那位老先生的交談，先是黃堂問：「那一定是照足原來樣子造的？」

老先生道：「真是照到足！我走過馬路去，看到門上掛着蠟像館的牌子，我對蠟像沒有什麼興趣，所以並沒有進去看。從那次後，我又經過幾次，每次站在對面馬路看看，都像是自己回到四十多歲，哈哈，你別笑我，老年人能有這樣的感覺，十分難得。」

黃堂敷衍似地回答着：「是，是！」

老先生相當健談，主動地說下去：「所以，昨天晚上，我一聽到救火車的聲音，立即呆了一下，奇怪，當時我就想到，是那幢屋子失火了，因為多年之前，也是在晚上差不多時候，嗯……要早一個鐘頭的樣子，我也是在家裏聽到了救火車的聲音，出去看熱鬧的，那次，我幾乎看到了整場火從頭到尾的情形。」

黃堂「嗯」地一聲：「你又去看……熱鬧了？」

老先生有點不好意思地笑了一下：「是的，你別笑，年紀老了，最喜歡趁熱鬧。我向那屋子走去，整幢屋子，已經烈焰飛騰，我還是站在對面馬路，站在三十多年前看火的舊位置，所站的位置，一點也不差，才看了幾分鐘，我就呆住了……」

老先生遲疑着沒有說下去，黃堂催了他幾次，他才道：「我不但感到時光倒流了，而且，感到昨晚那場火，和三十年前的那場火，一模一樣。」

黃堂的聲音十分疑惑：「自然，由於房子的形狀是一樣的，所以你有這樣的感覺。」

老先生急急分辯着：「不，不，我的意思是，火頭的形狀、火勢，完全一樣，就像有人把三十年前的那場火，拍成了電影，現在拿出來放映，在一個沖天而起的火頭之後，在濃煙中，一個屋頂坍下，火頭才一冒起，我就知道接下來會塌屋頂，果然，接下來屋頂就塌了，冒起的一蓬濃煙，形狀很怪，三十年前我見過，現在又重現。」

黃堂的聲音有點乾澀：「這不是很奇怪嗎？」

老先生道：「是的，真怪，我還可以肯定，我昨晚趕去看，才一到的時候，是三十年前起火後一個多小時後的情形。」

黃堂乾咳了一聲：「這真好，真像是又回到了三十年之前。」

老先生大有同感：「是啊，是啊。」

談話的紀錄，到這裏結束。

我、白素、白奇偉三個人都不出聲。我相信我們三人，都模模糊糊地想到了一些什麼，可是卻又說不上來，因為所想到的一些假設，實在太匪夷所思。

黃堂深深吸了一口氣：「還有一點補充，消防隊的初步調查是說，火勢一開始就那麼猛烈，縱火者一定要有非常強烈的引火劑才行，可是調查下來，卻全然沒有任何引火劑被使用過的迹象。」

白奇偉以手拍額：「天，你究竟想到了什麼，直截了當說出來吧。」

黃堂立時道：「好，我認為是有人利用不可思議的力量，在玩超級魔術。」

或許是由於事情本身太詭異，或許是由於黃堂所用的詞彙太古怪，也或許是由於我們的理解力不夠，對於黃堂的這種說法，我們一時之間，都瞠目不知所對。過了好一會，白素才問：「那麼，照你看來，這套驚人的大魔術，名稱是什麼呢？」

黃堂像是早知有此一問，毫不猶豫，立時道：「這套魔術，可以稱之為『時空大轉移』。」

白素在這樣問的時候，顯然已經想到了什麼，而我和白奇偉，聽到了黃堂的回答後，才一起發出「啊」地一聲。

我早已想到那些模糊的概念，也漸漸具體起來了。我急不及待地道：「時空大轉移，你是說……」

雖然已經有了一點具體的概念，但是要有條理地講出來，還是十分困難。

白素向我作了一個手勢，又指了指黃堂，意思是讓黃堂提出他的見解，我們再作討論。我點頭，不再說下去，三個人一起望定了黃堂，黃堂像是在發表一篇極重要的演說：「我的意思是，有一個人，在玩時空轉移的魔術。譬如說，他把時間推前了三十五年，那麼，已經是荒地的空地，就出現原來就存在的那幢屋子。」

我們都不出聲，只是互望了一眼，證實了我們和黃堂所想到的一樣。

黃堂繼續道：「他要令那幢房子，陡然之間，烈焰飛騰，也很容易，只要把時間移到那幢屋子在起火之後的一小時就可以，那時，房子正在燃燒。」

我們都同意黃堂所作的推測，十分完美，可是隨之而來的問題，實在太多，使得即使是作出了這個推測的黃堂，也不禁疑惑。

而我在那一剎之間，想到的問題更多，我首先想到的是屋子中的那些人像。如果整幢屋子，是有人在玩「時空轉移」的「魔術」才存在，那麼，館中的那些人像，又是怎麼一回事？

我陡然之間有了一個想法，這個想法，令我不由自主發顫。

我想到的是劉巨的話，劉巨曾堅持，那些人像非但不是蠟像，也不是任何的塑像，而是真人。

本來，那決無可能，但如果真有時空轉移這回事，幾百年前發生的事，通過時間和空間的轉移，就可以在任何時間，任何地點出現！

劉巨甚至在他的那柄小刀上，找到了另一個人的血，人是真，血是真的，一切看到的「陳列」，全是若干年之前，當時發生這種事的時候的真實情景！有這種可能嗎？有這種可能嗎？剎那之間，我在心中，問了自己千百次，卻無法有肯定的答案。

在那段時間中，我們四個人全沉默，各人在想各人的。

首先打破沉默的是白奇偉，他勉強地笑了一下：「讓我們現實一點好不好？」

白素立即道：「大哥，別忘了你自己遇到的事，也是全然無法從現實的角度來解釋。」

黃堂眨了眨眼，有點不明白，因為他並不知道白奇偉有過什麼怪遭遇。在這時候，我們自然無暇去為黃堂講述白奇偉的遭遇。

白奇偉揮了揮手：「好，就算有人，掌握了能轉移時空的力量，請問，他令得那幢房子重新出現，有什麼目的？」

黃堂還沒有回答，我已經衝口而出：「他不能令那些情景在露天陳列，所以他才令屋子重現，目的是要把那些情景在屋中出現，好讓人看。」

白奇偉的聲音有點尖厲：「天，衛斯理，你不知道你自己在說什麼。」

我也提高了聲音：「我知道，這個人既然有時空轉移的能力，他自然也就能把岳飛父子遇難，把司馬遷受了宮刑之後的當時情形，出現在任何時間，任何地點。」

白奇偉簡直是在吼叫：「你仍然不知道你在說什麼，劉巨不過認為那些人像是真人，可是你這樣說，那是說……那是說……」

他可能是由於過度的震駭，所以說到了一半，再也說不下去。

我的心中，這時也同樣感到震撼，不過我還是努力把我想的說了出來：「是的，我的意思是，我看到的，不但是真人，而且就是他們，我看到的岳飛，就是岳飛，我看到的袁崇煥，就是袁崇煥本人！」

我和白奇偉之間的談話，兩個人不由自主，直着喉嚨叫嚷。所以，我的話一講完，沒有人立刻接口，就顯得格外靜。我也很為我剛才所說的話吃驚，甚至吃驚得耳際有一陣「嗡嗡」的聲響。

過了好一會，我們才不約而同，齊齊吁了一口氣，黃堂道：「衛斯理，你的……設想……比我的推測，還要瘋狂得多。」

我苦笑了一下：「我的假設，是在你假設的基礎上建立起來的。」

白奇偉喃喃地道：「瘋了，瘋了，我們四個人一定全瘋了，誰會有那樣的能力，隨意轉移時空？誰有那麼大的能力？」

黃堂望着我：「這是衛斯理經常說的一句話：除了這個解釋之外，再無別的解釋時，那麼不論這個解釋是如何荒誕和不可接受，都必須承認這是唯一的解釋。」

白奇偉斜睨了我一下：「想不到還有人把你的話，當成了語錄來念。」

我嘆了一聲：「你不能找出這句話的不合理處。在這件事中，有人能有力量轉移時空，這是唯一的解釋。」

白奇偉搖着頭：「你看到的真是岳飛等等的結論，我不能接受。」

白素蹙着眉：「如果真是那樣，那個人……為什麼要使那些人的苦難，無休無止地延遲？」

我乍一聽得白素那樣說，還不明白那是什麼意思，可是突然間，我明白了。

譬如說，我看到被腰斬的方孝孺，他已接受了腰斬的大刑，可是他還沒有死，正在用手指蘸着他自己的血寫字，當其時，他的苦痛，臻於極點，在那時刻之後的不久，他死了，痛苦自然也隨之而逝。

可是，如果能有一種力量，使時空轉移，那麼，他是不是又要重新體驗一次當時的痛苦？是不是當他被當作人像陳列時，他一直處於這樣痛苦中？

如果是這樣的話，那真是太殘酷了，那簡直是不可思議的，極刑中的極刑！

如果形成這種情形的人是米端，那麼，他為什麼要那樣做？

我的思緒十分紊亂，不由自主，閉上了眼睛。當我閉上眼睛時，那些人像又在我的眼前重現，他們一定是在極度苦痛之中，不然，不會使看到他們的人，感到那樣程度的震撼。

劉巨畢竟是藝術大師，他的話有道理，他見到了那些人像，就十分肯定地說，世上決不會有如此之強的塑像，他甚至提出那些不是人像，而是真人的說法。

米端為什麼要忽然令得屋子起火呢？自然是不想有人知道他的秘密，可是他為什麼又要公開展覽？他是什麼人？他這樣做，有什麼目的？

我發現不能想下去。因為再想下去的話，完全陷入種種疑問的迷陣中！

黃堂苦笑：「很高興我的設想，得到了各位的接受……」

白奇偉立時道：「等一等，我可沒接受。」

我道：「至少，你也無法反對。」

白奇偉悶哼了一聲，沒有說什麼。黃堂又道：「我還有一樣證據，準備各位不接受我的設想時，再提出來。」

大家都向他望了過去，白奇偉道：「什麼證據，提出來吧，你的假設，我還沒接受。」

黃堂向他望了一眼：「那位老先生的話，啟發我這樣做，他說，他感到兩次大火，簡直一模一樣。我就想起，在火救熄之後，第一時間進入災場的消防員，會對災場拍攝照片，我就到消防局去一問，果然取得了一批照片，昨天晚上火救熄之後拍的。」

他說着，又在公事包中，取出了一疊照片來。

這時，我們都已知道他的證據是什麼，都十分緊張，果然，他又道：「我再在消防局的檔案室中，找到了三十年前那場大火被救熄之後，當時第一時間進入災場的消防員所拍的照片……」

他取出了另一疊，已經發了黃的照片來。

黃堂然後道：「白先生不妨比較一下，這兩批照片拍攝的角度雖然不同，可是卻完全顯示出那是兩個一模一樣的災場。」

我們一起湊過去，把所有的照片，一起在桌上攤了開來。的確，照片由兩批人拍攝，拍攝的角度不一樣，照片上看到的情景，有角度上的不同。但是新舊兩批照片，所展示的是同一個災場，這一點毫無疑問。

若是有兩場不同的火，決不能在火熄之後，災場相類似到這種程度。

這兩批照片，證明了只有一場火，這場火在三十年前發生，而在昨夜重現。

那位老先生曾說他自己的觀感：就像有人把三十年前的那場大火拍攝了下來，現在又拿出來放映。不過，當然不大相同，昨夜的那場火，是真正的大火，使得劉巨葬身火窟。

我立即想到，米端呢？如果米端有這種不可思議的時空轉移力量，那麼，他當然不會葬身火窟。

他一定會安全離開，他現在，在什麼地方？為什麼當他見到我去參觀，有一種期待已久的興奮？他又曾對我說，日後有要我幫助之處，那又是什麼事？

我又陷進了疑問的迷陣之中。

白奇偉瞪着這些照片，目瞪口呆，過了好一會，才吞咽了一口口水：「看來……我也得接受黃先生的假設，若是有人隨意能轉移時空……」

我吸了一口氣：「我一直認為，中國傳說中的法術『五鬼搬運』，就是一種時間和空間轉移。」

黃堂道：「我……我看……我們還是別再討論下去了！」

我們向他望去，黃堂苦笑着：「劉巨是為了……有揭穿秘密的可能而喪失生命。」

我剛才已想到過這一點，所以立時點頭，表示同意，劉巨的死亡，和米端（如果就是他！）的行為分不開，說米端放火燒死了劉巨，亦無不可，雖然他放火的方法如此不可思議，奇詭莫測。

黃堂神情駭然：「我們現在所討論的，所作出的結論，已遠遠超過了劉巨所想揭發的……我想，我們極危險……而且全然無法預防！」

白奇偉乾咳：「對，『五鬼搬運』事小，如果那傢伙，施展『五丁移山』這樣的大挪移法，忽然移了一座山，壓將下來，我們就永世不得超生。」

看白奇偉的神態，他那一番話，倒也不全然是笑話。

理論上來說，「五鬼搬運」是時空轉移，「五丁移山」自然也是。而事實上，掌握了這個能力的人，如果真的要對付我們，還真不必那麼大陣仗，把一座山移來，他只要隨便把一場戰爭中的那些滿天橫飛的子彈，移幾顆來，我們不是一樣要中彈身亡？

我的思緒紊亂，不受控制，所以會有這種荒謬的聯想。可是想法雖然荒唐，得出的結論，卻十分驚人，那結論是：掌握了時空轉移力量，具有無可抗拒的能力，簡直可以做到一切！單是他能把過去搬到現在，已經夠可怕，如果他能把未來搬到現在來，那就加倍可怕。

掌握了這樣能力的人，若是忽然胡作非為起來，試問有什麼力量可以抵制？

黃堂現出十分害怕的神情，我們也一樣，互望着，不知說什麼才好。

過了好一會，我才道：「見過米端的，不止我一個，看起來，他……不太像是什麼有野心統治或毀滅人類的那一型混世魔王。」

白奇偉苦笑了一下：「未必是他，或許，他也只是受利用的。」

我也跟着苦笑：「那……怎麼辦，我們不能當作世界末日已來臨了。」

黃堂雙手緊握着拳：「如果掌握了這種力量的人要胡鬧，那只要……只要……把多年前在廣島上空爆炸的原子彈，轉移到今天的華盛頓上空去……世界末日就不是幻想小說中的事，而是事實了。」

他的話，令得我們都震動，我沉聲道：「我相信米端不會葬身在火窟之中，他曾說……會有事要我幫助，我真希望他現在就來找我。」

白素道：「黃先生，我們四個人的談話，我想沒有公開的必要。」

黃堂忙道：「當然，非但不能公開，而且，最好不要讓第五個人知道。」

我們大家都同意了黃堂的提議，這時，震撼最劇烈的時刻過去，頭腦比較冷靜，可以有條理地來討論一些實際問題

討論的焦點，集中在米端的身上。

米端的身分，只可能有兩種：他要就是掌握了轉移時空力量的人，要就是和有這種力量的人有關。不論他真正的身分是什麼，他一定是整件事中的關鍵人物。

我在作這樣的結論，講出了自己的看法之後，自然而然地加了一句，指着白奇偉：「就像他所遭遇的怪事，那個神秘的女人是關鍵人物。」

第六部

一個靈媒的意見

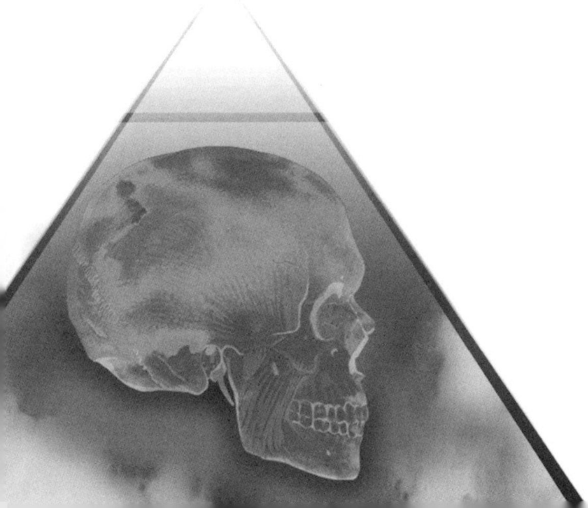

黃堂又向白奇偉望去，他仍然不知道我們一再提及的怪事是什麼。

這時，我心中又有一種模糊的概念，而且，黃堂竟能在蠟像館失火事件上，作出那麼大膽的，近乎瘋狂的，但是也是唯一的解釋，這很使我對他另眼相看，我就用十分簡略的敘述，向他說了一下白奇偉的經歷。

出乎意料之外，黃堂聽了之後，竟和白素有同一看法，他「啊」地一聲：「這……一方面是極端痛苦的形和容，一方面是極端痛苦的聲音……這……很難想像兩者如果配合起來，會形成什麼樣的效果。」

我脫口而出：「那就像是靜默的畫面，忽然有了聲音，自然更加可怕。」

白素抬頭向天：「我始終有一種感覺，覺得兩件事雖然相隔萬里，但卻有着某些程度的聯繫，至少，那是痛苦的集中，通過不同的方式表達。」

白奇偉皺着眉：「通過聲音來表達，似乎更加恐怖。因為現象放在你面前，你還可以閉上眼睛不看，而耳朵沒有法子閉上，雙手將耳朵捂得再緊，不想聽的聲音還是會鑽進來。」

接下來，我們又各自發表了一點意見，可是實在已討論不下去了，想像力再豐富，也難以設想整件事的來龍去脈。能夠根據發現的材料，設想出是某種力量在進行時空大轉移的行動，那已經需要十分豐富的想像力。

在又沉默了一會之後，黃堂問：「白先生，你準備回南美去？」

白奇偉點頭：「要不是你恰好來到，我早已在機場了。」

黃堂嘆了一聲：「看來，只好等那個姓米的神秘人物，主動出來找衛斯理。」

我攤着手：「這個人如果有那麼大的神通，我能幫得了他什麼？」

黃堂喃喃地道：「誰知道，整件事，都……在不可知的情形下發生。我也告辭了，再有新發現，我會盡量和你們聯絡。」

他先離去，白奇偉默默地喝了幾口酒，過來和白素與我，輕擁了一下，大踏步走了出去。

我和白素相對無言，白素道：「首先提及那個蠟像館的，倒是陳長青。」

我點頭：「我早已想到他了，不過他上星期，到外地去了，神神秘秘，也不肯告訴人到什麼地方，幹什麼去。錯過了這件怪事，是他自已不好。」

白素又想了片刻，才道：「我想和那屋子的三個業主，聯繫一下。」

我道：「只怕不會有什麼用，利用那間屋子來展覽那些……景象，我看只不過是偶然現象。重要的是米端，或另外的主使人，為什麼要使這種歷史上的極悲慘現象，重現在人們眼前？」

白素道：「是啊，很怪，而且又不是大規模地想使人看到，幾乎是用一種偷偷摸摸的手段進行，只希望少數人可以看到。」

我忽發奇想：「如果我夠自大的話，我想其目的主要是想我們看到。」

白素側首看了我半晌，忽然笑了起來：「也不是沒有可能，如果我想你一個人看到，就會邀請你去看，而不會用米端用的方法，嗯，你估計，參觀蠟像館的人一共有多少？」

我道：「推測不會太多，米端說，參觀完四個陳列室的人，只有四個。」

白素嘆了一聲：「我竟然未曾看到，這真是遺憾之至。」

我表示反對：「我倒寧願未曾見過……那情景……尤其現在想到……那可能就是當時的景象……我真是寧願未曾看到過。」

白素道：「看畢四間陳列室的人，一個自然是劉巨，另一個是你，還有兩個——」

我道：「陳長青一定看完了的，還有一個是什麼人？你的意思是？應該和他聯絡一下？」

白素道：「是，多聽一個人的意見，總是好的。」

我想了一想：「要聯絡他，不難，在各大報章上去登一個廣告。」

那很容易做，第二天，各大報章就刊出了我登的「尋人啟事」：「曾在一間奇特的蠟像館中，有勇氣參觀完四間陳列室者，請與下列電話聯絡，有要事相商。」

報紙早上發行的，不到中午，就接到了一個電話，那是一個聽來十分陰沉的男人聲音，操極流利但是口音不純正的英語，單從語音中，也分辨不出是什麼地方的人。

他在電話中，開頭第一句就道：「我就是閣下要找的那個人，請問閣下是誰？」

我報了自己的名字，他「啊」地一聲，語調在陰沉之中，顯得有點興奮：

「原來是衛先生，那真是太好了，晚上我來拜訪你，我的名字是阿尼密。」

我聽得他自己說出了名字，感到很熟悉，可是一時之間又想不起是什麼樣的人，我正想再說什麼，那個阿尼密已掛上了電話。我咕噥了一句：「冒失鬼。」然後轉過頭來，問白素：「有一個人叫阿尼密，你對這個名字有印象嗎？」

白素皺了皺眉，把這個名字，重複了幾遍，才道：「這個人，好像是一個非此尋常的靈媒，是一個十分神秘的組織，非人協會的會員。」

經白素一提，我也想起來了，連連點頭：「是，當我們在倫敦研究木炭中的靈魂時，普索利爵士曾不止一次說過：『如果阿尼密先生在就好了。』」

我續道：「當時在場的全是對靈魂很有研究的人，卻又全都不以為然，那個金特甚至道：一個靈媒，有什麼了不起。可是普索利爵士卻對他推崇備至。」

白素望着我，有點不懷好意地笑了一下：「聽說，那個神秘組織，非人協會，只有五六個會員，也曾聽說，曾有人要介紹你入會，結果被拒絕了，認為你不夠資格。」

我笑了一下：「不必用這個來攻擊我的能力，我是人，為什麼要參加『非人協會』？聽說，那個非人協會的會員之中，甚至包括了一顆樹，一個死了三千多年的人，等等，怎能把我也算進去？」

白素吸了一口氣：「前些時候，有一個十分神秘的人物，曾對我說起他們會員之中，有一個，是會發電的電人。」

我揮着手：「每一個人都有生物電發射出來，那又何足為奇！」

白素道：「不是微弱的要憑儀器才能測知的生物電，而是真正的、強大的電流。」

我呵呵大笑了起來：「那麼，他可以去當一個發電站的站長。」

白素瞪了我一眼，我忙道：「我絕無輕視有奇才異能的人之意，只是我認為，我們現在要研究的事，比和一部發電機有相當功效的人，要有趣而且神秘複雜得多。」

白素淡淡一笑：「那個阿尼密，在世界無數靈媒之中，唯一能成為非人協會會員，一定有他的過人之處，希望能在他的意見中，得到一點啟示。」

我顯得十分興奮：「是啊，就算和他的談話，一無所獲，能認識這樣的一個神秘人物，也極有趣，這件怪事，能導致有這樣的收穫，也算不錯了。」

白素微笑着：「世上有趣的人那麼多，哪能全叫你認識遍了？」

我用力一拍桌子：「最可惜的是上次，和亞洲之鷹羅開，失諸交臂，我看他也一直在懊惱。」

白素笑着：「別向自己臉上貼金了。」

談笑一會，各忙各的，溫寶裕打了一個電話來，問我在忙什麼，我反問他同樣的問題，他的聲音不是十分愉快：「忙着應付考試。」

我立即回答他：「那你就去忙你的吧。」

溫寶裕又問：「陳長青鬼頭鬼腦，到什麼地方去了，你知道不知道？早幾天，他還竭力要我去參觀一個蠟像館，我沒有興趣，所以沒有去！」

聽得溫寶裕這樣說，我不禁相當惱怒，陳長青這個人，太不知輕重，這樣子的蠟像館，怎麼能叫一個少年人去參觀？

我忍不住在電話中罵了陳長青幾句，溫寶裕卻笑了起來：「大不了是裸體黃色人像，少年人有什麼不能看的？」

溫寶裕顯然不知那蠟像館的內容，我當然也不會告訴他真相，只是含糊以應，掛上了電話。

我忽然想到：陳長青的行動，十分神秘，是不是他的行動和那個蠟像館有關？

導使我有這個想法的原因是，陳長青若是有什麼重要的事，都會和我商量，尤其近來，他和溫寶裕兩人，一大一小，打得火熱，就算不和我來商量，也會和溫寶裕去商量的。

可是，現在我和溫寶裕都不知道他在幹什麼，是不是由於他一再要我和溫寶裕去參觀那個蠟像館而我們都沒有去，所以他才單獨行動？

雖然有此可能，但是我也想不出他能有什麼行動，所以想了一想，沒有再想下去。

到了晚上，自七點鐘起，我和白素，就在家中恭候阿尼密先生的大駕光臨，可是等了又等，一直等到十點鐘，還未見有人來。

白素問：「他沒有說什麼時間？」

我苦笑：「他只說是晚上，我想，不會遲過午夜吧？一過了十二點，就是凌晨，不再是晚上，那麼，他就變成失約了！」

正說着，門鈴聲已響了起來，我立時衝過去開門，門外站着一個又高又瘦，面色蒼白，神情在陰森之中有着幾分詭異的中年人，他穿着一套黑色的西裝，那本來是十分普通的衣服，可是不知怎地，穿在他的身上，就十分怪異。

我立時伸出手去：「阿尼密先生？我是衛斯理，這是內人，白素！」

他和我握了手，手相當冷，握手的動作也不熱情，我心中想：這個人，會不會因為和鬼魂打交道多了，所以也沾了幾分鬼氣，以至連他講話的語調，都鬼氣森森！

不過他舉止十分彬彬有禮，而且自我介紹詞，也不失幽默：「我叫阿尼密，是一個專和鬼魂打交道的靈媒。衛先生、衛夫人，我們有一個共同的好友，普索利爵士！」

我忙道：「是啊！上次我們許多人，在普索利爵士的府邸和靈魂溝通，大家都十分嚮望有閣下在場！」

阿尼密卻笑了笑：「只是爵士一個人想找我吧？其餘人未必！」

我說的本來是客套話，想不到他竟然會這麼認真，這使我相當尷尬，一時之間，不知如何回答才好。阿尼密立即又道：「爵士對我說過那次你們聚會的情形，那是一個十分特出的例子，證明我們對於靈魂以一種什麼形式存在，所知極少，如果我在場，我就不必用任何儀器，就可以感覺到被困在木炭中的鬼魂，想說些什麼——這也是我和其他靈媒或靈魂學者最不同之處。「我只憑自己的感覺。當時就算我感到了靈魂要說的是什麼，轉達出來，也不會有人相信，金特他們都知道我的方式，所以我猜想他們不會歡迎我。」

他的這一番話，不但消除了我的尷尬，而且也引起了我好大的興趣，我問：「你的意思是，你和靈魂的接觸，只是你個人的感覺，而沒有任何可以令人信服的行動？」

阿尼密笑了一下：「是，我不會改變聲音，也不會模仿死者生前的動作，不會用死者生前的筆迹寫字，不會像一般靈媒那樣有那麼多花樣。」

白素微笑着：「不過，你是非人協會的會員，就足以令人相信你是世界上最有資格的靈媒。」

阿尼密當仁不讓地笑了一下，突然轉變了話題：「兩位都參觀過那間蠟像館？」

白素嘆了一聲：「很遺憾，我沒有去。」

阿尼密像是感到有點意外，立即向我望過來。這人的眼神，十分深邃而生動，簡直可以用它來代表語言。這時他向我望了一眼，我就彷彿感到他正在責問我一個問題，我也立時自然而然地回答：「我參觀完，本來是一定會叫她也去看，可是接着，整個蠟像館的建築，就被大火燒毀了。」

阿尼密「哦」地一聲：「是，我已經在報紙上，看到了這個消息。」

他說了之後，頓了一頓：「衛先生，你有什麼意見？」

我道：「我感到了極大的震撼，這個蠟像館，極之怪異，有一個人甚至認為那些陳列的人像，全是真人……」

我本來還想告訴他更多我們的分析的，可是他在聽了這句話之後，就迫不及待地問：「誰？這個人是誰？我要見他。」

我嘆了一聲：「這個人是世界著名的人像雕塑家劉巨，他已經葬身在蠟像館的大火之中。」

阿尼密聽了倒也沒有什麼特別的反應，只是閉上眼睛一會，發出了「唔」地一聲。

我又道：「我們經過研究，發現那蠟像館根本不存在，建築物在三十年前已被大火燒毀，這其間，可能有驚人的時間、空間轉移的情形存在。」

任何人，聽得我提及這麼怪誕的問題，一定會大感興趣，可是阿尼密非但沒有興趣，而且作了一個手勢，阻止我再講下去。

然後，他道：「我只對靈魂有興趣，別的事，我不想知道。」

我和白素都有點愕然，他又補充道：「我的意思是，窮我一生之力，集中力量去研究靈魂，只怕也不會有什麼成果，實在無法浪費任何精力時間去涉及任何別的問題，請原諒。」

我不禁有點駭然：「那麼，阿尼密先生，你今晚肯和我們見面，是認為那蠟像館和靈魂的研究有關係？」

阿尼密並沒有直接回答我這個問題，他只是道：「衛先生，當時你感到了極度的震撼，是不是？」

我用力點頭：「是的，豈止是當時，那種震撼，至今還在，當然不如當時那樣強烈，當時，我簡直可以感到那幾個身受者的痛苦。」

阿尼密又問：「你對自己這樣的感覺，有什麼解釋嗎？」

我呆了一呆：「我看到了這種悲慘的景象，又知道這些人物的歷史背景，自然會有這種感受。」

阿尼密道：「不，不，我的意思是，你不覺得有一種外來的力量，使你有這種感受嗎？」

我有點遲疑：「我不是很明白，我看到了那種景象，那還不夠嗎？」

阿尼密搖着頭：「當然不是景象令你產生震撼，而是另外的力量，靈魂的力量，痛苦靈魂的力量，影響了你的腦部活動，使你產生了巨大的震動。」

我不是十分明白，只好向白素望去，白素也緩緩搖着頭，表示不明白。

阿尼密十分機敏，不但他自己的眼神，幾乎可以代替語言，連他人的一些小動作，他一看之下，也可以知道他人心中在想些什麼。這時，他不等我再開口問，就道：「我走進第一間陳列室，看到陳列着的人像，我就知道，那是受難者的靈魂，正在用它能發出的最強烈的力量，影響每一個參觀者。雕像沒有靈魂……」

他講到這裏時，由於我思緒十分亂，一時之間無法接受那麼多，所以急忙叫道：「等一等。」

阿尼密停了下來，我把他的話再細想一遍，有點明白了，我道：「首先，請先讓我知道你對靈魂的簡略解釋是什麼。」

阿尼密道：「基本上，和你的解釋一樣：人在生時，腦部活動所產生的能量，在人死後，能量以不明的方式積聚和存在。而和靈魂交通，就是使人的腦部活動，與這種能量接觸。」

我深深地吸了一口氣，表示這正是我的解釋。

阿尼密又道：「靈魂，有時會和人主動接觸，有時，是人主動和靈魂接觸，有時，是人和靈魂無意之間的接觸。我進了陳列室，感到受難者的靈魂，正用盡它的可能在主動和人接觸，把它生前的痛苦，告訴參觀者，使參觀者知道他當時的悲慘、痛苦！所以，使參觀者感到了震動。」

我和白素，又互望了一眼，聽他繼續講下去。阿尼密嘆了一聲：「由於我腦部的活動，特別容易和靈魂有接觸，所以我所感到的震撼，在任何人之上。我當時，咬緊牙關，全身冷汗直淋，才看完了四間陳列室！」

我仍然無法提出任何問題，因為阿尼密的話，又把事情帶到了一個新的、奇詭的境界。

劉巨假設參觀者看到的不是塑像，是真人，這已經十分駭人聽聞。而黃堂和我們，又假設看到的，非但是真人，而且是通過了時空大轉移的受難者本人！這種假設，簡直已迹近瘋狂。然而如今，阿尼密又說，他明顯地可以感到受難者的靈魂的存在！這真是叫人說什麼才好！

過了好一會，在阿尼密深邃的目光注視下，他先問：「你明白我的意思？」

我有點口齒艱澀：「我正在試圖明白。你說，雕像不會叫人震動，那是不是說，我們看到的，不是雕像。」

阿尼密道：「我認為我們看到的是真人。」

白素道：「既然靈魂用它的能力，直接影響參觀者的腦部，那麼，看到的是真人，或者是雕像，應該沒有分別。」

阿尼密道：「我只説參觀者看到的是真人，並不曾説真有什麼人陳列在那裏！」

一聽得他這樣説，我和白素不禁同時發出了「啊」地一下叫出聲來。

阿尼密的話，乍一聽，渾不可解，沒有真人在那裏，參觀者怎能看得見？但是我和白素卻一下子就明白他那句話的意思！

人能看到東西，完全是由於腦部視覺神經活動的結果，只要腦部的視覺神經，接收到看到東西的刺激信號，人就可以看到東西，不管那東西存在與否。人完全可以看到實際上並不存在的東西。

白素忙道：「你是説，參觀者一進了陳列室，陳列室中的靈魂，就使人看到了受難者當時受難的情形？」

阿尼密道：「是，這正是我的想法！」

我的聲音有點啞：「而實際上，陳列室中，根本什麼也沒有？」

阿尼密道：「應該是這樣。」

我苦笑着：「你當時就有了這樣的結論？」

阿尼密搖頭：「不，當時，我只是強烈地感到有靈魂的存在，我從來也未曾有過那麼強烈的感覺，我感到靈魂正在運用它的力量，要人和它產生相同的、受難時的那種感受，它非但要讓我們感到，而且也要讓我們看到。據我以往的經驗，靈魂只能在某種條件之下，偶然做到這一點，而不能每天在固定的時候做到。當時我只想到，可能那幾個靈魂，生前腦部活動特別強烈，所產生的能量也特強。」

我道：「自然，他們生前，全那麼出色，而且，他們都在極度的悲憤痛苦中，冤屈地死去，他們的靈魂，自然也與眾不同。」

白素突然低吟了一句：「子魂魄兮為鬼雄！」

阿尼密不懂這句辭的意思，我簡略地介紹了一下，說這是大詩人屈原的詩，說一個人的生前，如果是英雄人物，他死了之後，靈魂也是靈魂中的英雄。

屈原，阿尼密倒是知道的，可是他在聽了我的解釋之後的反應，卻令我大感意外，而且啼笑皆非，他道：「啊，真想不到，兩千多年之前，中國已經有人對靈魂有這樣深刻的認識，啊啊，真了不起。」

我不想和他在這方面多討論，忙道：「你肯定那一定是受難者的靈魂？」

阿尼密點頭：「應該是，只差沒有自我介紹了，我再一次說明，我在這方面的感覺，特別敏鋭和強烈。」

白素問：「那麼，後來你是如何得到這個結論的呢？」

阿尼密道：「當我離開之後，我一面走，一面在想，為什麼參觀的時間有這樣嚴格的限制？是不是只有每天在這個時間，靈魂才能發揮它們的力量？一想到這一點，就容易有下一步的行動了。」

我立時道：「過了參觀時間，進蠟像館去，只要看到陳列室中什麼也沒有，就證明你的想法。」

阿尼密點頭。

我和白素異口同聲問：「真是空的？」

阿尼密嘆了一聲：「要不是也有一個人要偷進去，而又毛手毛腳弄出聲響，被館主人發現，就已經成功了。」

我十分詫異：「還真有人那麼大膽，敢在晚間偷進那種蠟像館去？」

阿尼密嗤之以鼻：「這個人，日間和我參觀完了四個陳列室，算是有膽氣，可是晚上他一面發抖，一面偷進去，逃走的時候，要不是我拉了他一把，他早叫人抓住了。」

我和白素相顧駭然，失聲道：「陳長青。」

阿尼密驚訝道：「他向我道謝時，曾自報名字，好像正是這個名字，你們認識他？」

白素笑道：「一個老朋友了，大約這件事，他認為十分丟人，所以沒有在我們面前提起過，只是竭力推薦我們去參觀那個蠟像館，奇怪，他偷進去做什麼？」

阿尼密道：「不知道，多半是把他看到的認為是藝術至寶，想去偷上一個。」

白素說道：「後來你沒有再去試？」

阿尼密忽然現出一種忸怩的神情，欲言又止，才道：「沒有，我不是不想，而是……不敢。」

我和白素大是訝異，阿尼密為什麼不敢，若是說他怕鬼，那真是笑話奇譚。阿尼密嘆了一聲：「由於我當晚，又有極可怕的經歷，我聽到了……聽到了……」

他講到這裏，身子已不由自主，發起抖來。

我和白素都感到事情極不尋常。

他說「聽到了聲音」，那是什麼意思？如果只是普通的「聽到聲音」，他何以會有這樣超乎尋常的恐懼？我們自然而然想起了白奇偉曾聽到過的那種悲慘的呼號聲，難道他聽到的是同樣的聲音？

我們都沒有發問，阿尼密吁了一口氣：「當晚，我想到，那些靈魂，用那麼強烈的方式在和人接觸，如果我試圖主動和他們接近，應不困難，因為我是一個有這種能力的靈媒。」

我和白素，都自然而然地發出了一下低呼聲，的確，對一些十分願意和人有所接觸的靈魂來說，如果一個真正的靈媒，願意和它們接觸，它們應該會願意。

我忙問道：「結果是……」

阿尼密乾咳了一下：「使用尋常和靈魂接觸的方法，我很快就有了感應，在陳列室中出現的情景，又出現在我的眼前，而且，陳列室中的一切沒有聲音，是靜止的，而那時，不但有那種悲慘之極的情景，出現在我的眼前，而且，一切的聲音都在，我聽到如同昆蟲一樣的群眾所發出的，幾乎沒有意義的呼叫聲，聽見肌肉被牙齒啃咬下來的聲音，也聽了受難的英雄所發出的悲憤莫名的怒吼聲，聽到了刀割破皮肉的聲音，聽到了刀鋒切進人頸際的聲音……在所有的聲音之中，最可怕的就是悲痛之極的呼叫，那幾乎令得我……令得我……」

他陡然停了下來，面色更蒼白，看得出，他是要竭力克制着，才能使自己不牙齒打顫。

他略頓了一頓，才又道：「衛先生，那種情況，所受到的震撼，要比單看陳列室的景象，強烈不知道多少多少倍。」

我忙道：「我相信，我絕對相信。」

阿尼密苦笑：「當時我簡直無法控制自己，那些靈魂向我展示他們身受的痛苦，我無法作任何其他方法的溝通，我簡直不像是一個有經驗的靈媒，而是像是一個在偶然情形之下，和靈魂發生了接觸的普通人！」

白素十分同情地道：「情形如此奇特，第一次，你一定在震驚之下，草草結束了和靈魂的溝通？」

阿尼密點頭道：「是，而且，沒有第二次。」

我和白素一起向他望去，神情不解。

他自嘲似地笑了一下：「我不敢再試了。一次試下來，我自己清楚地知道，我已經到了可以支持的極限，如果再有一次那樣的經歷，我不知道……自己會變成什麼樣……要知道，最可怕的不是死亡，而是肉體死亡之後，靈魂還無休止的痛苦。想想看，那些靈魂原來的生命，早已消失了幾百年，上千年，可是，他們的靈魂，停留在生命最悲慘痛苦的時刻……我不知道再試一次會怎樣，可是不敢冒險，我絕不想自己的靈魂，參加他們的行列。」

阿尼密的那一番話，把我聽得遍體生寒，白素也不由自主，伸過手來，緊握住了我的手，我們兩人的手都冰冷。

阿尼密對靈魂有十分深刻的認識，他所說的一切，也可以接受，那麼，是什麼力量使那些靈魂繼續受苦，難道另有一股力量，還在極不公平地對付他們，使它喪失了肉體生命，繼續在無邊的慘痛之中沉淪？天，它們生前，究竟做錯了什麼？要受到這樣的極刑？

這時，我又自然而然，想起米端在帶領參觀者進入陳列室之前所講的那一番話來，那一番話，和阿尼密所說吻合。

沉默了一會，阿尼密回復了鎮定：「我一生無數次和靈魂接觸的經驗，從來也沒有這樣異常的例子，這次接觸——應該說兩次了，一次是在陳列室中，究竟是在什麼樣的情形下發生的，連我也說不上來，連日來我正在深思，看到了你的廣告，我還不知道登廣告的是你，就已經興奮莫名。」

我在他說話時，急速轉着念，我想到了一件事：「你肯定兩次接觸，所看到的、聽到的，全是一些靈魂通過影響人腦部活動而產生的？」

阿尼密有點訝異：「難道我還說得不夠明白嗎？」

我做了一個手勢：「可是事實上，劉巨曾想用一柄銳利的小刀……」

我把劉巨行動的結果，在小刀上發現了有另一個人的血的經過，向阿尼密說了一遍。阿尼密的面部肌肉，在不由自主地抽動着。

我又把白奇偉在南美洲聽到悲慘號叫聲一事說了，並且告訴他，那「鬼哭神號」山洞之中所發出的痛苦號叫聲，可以傳出好幾十里之外，並不是只有一個人可以聽得到。最後，是我的看法：「所以，我認為，景象和聲音，實實在在，而不是單單是腦部受靈魂影響的結果。」

阿尼密喃喃地道：「那……怎麼可能呢？」

我道：「我們幾個人研究過，其間，有你不感興趣的時間、空間大轉移的情況存在。」

阿尼密皺着眉：「我不反對你們有這種看法，可是我們強調的是，我絕對可以肯定，這些人的靈魂存在。」

白素緩緩地道：「我們之間的看法，並沒有矛盾。由於我們是普通人，所以我們只看到了實際的存在，而阿尼密先生，你憑你超特的敏銳，感到了靈魂的存在。」

阿尼密表示同意：「的確，並不矛盾，但是發生作用的，主要是靈魂。」

白素笑了起來：「自然，就算人活着的時候，起主要作用的還是靈魂。」

阿尼密深深地吸了一口氣：「在南美洲？令親又去了？還有一個神秘的女人？我也想去探索一下，這件事，有着超越幽冥界限的神秘性，我想深入探索，弄明白它。」

我和白素互望了一眼，心想你老遠跑到南美洲去幹什麼？只要再施展你一次靈媒的本事，和那些靈魂溝通一下就好了，又想弄明白事情的神秘性，膽子又小，那怪得了誰？

我們並沒有說什麼，可是阿尼密已連連搖手：「要是真可以試第二次的話，我早已試了，實在是不能，那超乎我的能力之上太多。」

我望着他，躍躍欲試。這種神情，不必阿尼密，普通人可以看出我想幹什麼。阿尼密陡然吸了一口氣，白素在這時候，卻來到了我的身邊，與我並肩而立，而且用十分堅決的語氣道：「阿尼密先生，如果你認為他一個人不能承受和那些受苦受難的靈魂溝通，我和他在一起，可以增加我們各自的承受力量。」

阿尼密有點駭然：「你們……想要我做什麼？」

我道：「運用你非凡的通靈能力，告訴那些靈魂，我們願意和它們溝通。」

阿尼密閉上了眼睛一會，才又睜了開來：「且容我一個人去靜一靜，想一想，反正那是晚上的事，我如果感到自己可以做得到，午夜之前一定來，過了午夜不來，兩位不必再等，我不會來了。」

這是一個方式很奇特的約定，但阿尼密既然是一個奇人，我們要做的事，也是一件奇事，那也就不算是什麼。我們很爽快地和他握手告別：「希望你可以來，你所要做的事，只是代我們傳達想溝通的意願，並不需要你再和他們溝通。」阿尼密有點心不在焉地「唔唔」應着，而且，不等我們再說什麼，就急急辭去。

他走了之後，沉默了片刻，我才問：「你看他會來嗎？」

白素嘆了一聲：「很難說，我倒不擔心這個問題，而擔心他來了，將發生的情景，我們可以承受得了嗎？他是非人協會的會員，尚且在一次之後，再也不敢試第二次了，可見──」

白素一再推崇「非人協會」的會員的資格，對這一點，我有一定程度的反感，所以我淡然道：「那個協會，看來名不副實，我不相信以我們兩人，合起來，會有什麼承受不了的情景。」

或許正是由於我的語氣漫不經心，所以聽來也格外充滿了自信，白素望了我片刻，忽然笑了起來。我知她在片刻之中，一定是想起了我們多次在一起經過的多次超乎想像的一些厄難，想起了那些事，自然會覺得，只要我們在一起，沒有什麼難關渡不過去。

劉巨和阿尼密的經歷，加了起來，十分值得注意。劉巨證實了實體的存在，而阿尼密又肯定了靈魂的存在，這都是超乎想像的假設，但卻是可以接受。

至於為什麼有這種怪現象的存在，看來只有和那些靈魂溝通的時候去問它們了。

我和白素都沒有心思做什麼，我提議靜坐，練氣，這樣做，可以使心境趨向平靜，應付起心靈上的打擊來，會格外有力。

餘下來的時間，我們一直等着。

那天晚上，阿尼密並沒有出現。

不過，在接近午夜時分時，他打了一個電話來：「今晚午夜前的約會取消了，可是約會仍然在，三天之後，我一定到府上。」

我聽到他在最後一分鐘推掉了約會，大表不滿：「你總得給我們一個理由。」

阿尼密再回答，可是他的回答，卻等於是沒有回答：「在這三天中，我要做一些事，未做之前，不知道能不能成功，所以不告訴你們了。」

我有點不服氣：「你曾說，那些靈魂主動和人接觸，我想，沒有你的幫助，我們若是集中精神，表示願與它們接觸，多半也可以成功。」

阿尼密道：「哦，我不認為你們可以成功，如果這樣，也就沒有靈媒這個名稱，人人都是靈媒了，我知道閣下的腦活動所產生的能量比普通人強烈，可以令得接受腦能量的儀器發生作用，但是靈魂不是儀器，截然不同的，不過……如果你要試一試，我也不會反對。」

我悶哼了一聲，不過阿尼密只怕沒有聽到那一下悶哼聲，他話一說完，就立即放下了電話。

我和白素一商量，決定自己試試，在書房，熄了燈，我曾有過召靈會的經驗，大家一起指尖碰着指尖，集中精神，希望能使自己的腦部活動，創造出一個能和靈魂接觸的條件來。

然而，一直鬧到了天亮，什麼靈魂也沒有感到，看來阿尼密的話說得對，除了希望他三天之後可以來到之外，沒有別的辦法可想。

要等上三天，自然相當氣悶，不如說說這三天之中，白奇偉回南美的經歷。

白奇偉回南美之後的經歷，我們自然在相當時日之後才知道。但這些事發生的時間，卻是在那三天的等待之中，正確地說，是在那三天之中的最後一天半。前一天半，三十六小時，他全花在各種各樣的交通工具上面。

第七部

激情爆發為少年

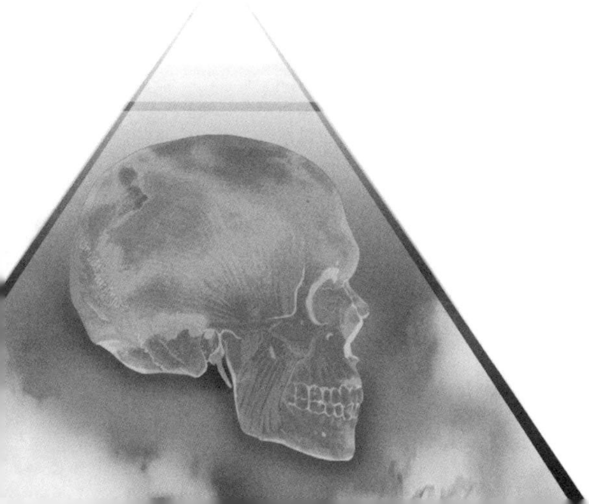

白奇偉星夜起飛，連轉了幾次機，才到了大水壩工程總指揮部所在的那個小城市，他直赴總指揮部，把幾個首腦人物自睡夢中吵醒，提出了幾項要求，說是工程勘察之必需。

他提出的要求，包括一架性能十分良好的直升機，和兩百公斤烈性炸藥。那些首腦給他嚇得目瞪口呆，可是還是立刻答應了他的要求，那是由於白奇偉在全世界的水利工程界中，有着極崇高地位。

白奇偉要直升機，是可以盡快趕到現場的，可是他要那麼多，幾乎可以把一座小山炸平的烈性炸藥，又有什麼用呢？唉，唉，還記得嗎？在他臨走的時候，我想到了一句話，不過沒有講出來，怕提醒了他，會用不自然的手法，使那道瀑布出現。

怎知道，我想到的，白奇偉早已想到了，而且他幾乎是一想到，就準備這樣去做！

因為他明白，等那「鬼哭神號」瀑布自然出現，不知要等多久，那瀑布一定是不常出現的，要不然，他的助手李亞在看到那瀑布時，也不會如此吃驚。

李亞是在這一帶長大的，到二十歲才離開，由此可知，至少在那二十年之中，那瀑布未曾出現過。

要他等二十年，他自然不會，而且，他對那一帶的地形，有一定的了解，知道沿河向前去，一定有天然的蓄水湖在河流中間，只要找到這樣一個蓄水湖，炸開一缺口，湖水流向下游，那麼，那道瀑布立時會出現。而據那神秘女人解釋，由於空氣中陰離子增加的影響，使得那種「本來存在」的慘叫聲，會被人聽得見。

白奇偉全然不明白這種解釋的內容，但是他知道，在「鬼哭神號」之後，那個女人就會出現。

白奇偉決定的這種行動，可以說是極度胡作妄為，可是他卻有他自己一套的藉口，他説這一帶的水文資料，本來就十分原始，不論他怎麼「改造」，沒有人會懷疑河道原來不是這樣子。而且，在自然的情形下，天然蓄水湖崩岸，導致數以億計立方公尺的水向下游傾瀉，也不是什麼罕見的變故。

白奇偉在駕駛着直升機飛臨「鬼哭神號」瀑布的上空時，盤旋了一下，他已經離開了好幾天，工作組自然也離得相當遠了。自空中俯瞰下來，景色壯麗，山中有水，水中有山，河水蜿蜒流着。有時河面寬闊，水流平靜，但遇上河面狹窄時，河水湍急，看起來像是一條不停在翻滾着的白色巨龍。

白奇偉留意到，附近的村莊，大多數在山上，就算水流量陡然增加，對這些村莊，也不會造成影響。而更令得他高興的是，他發現，就在距離大約只有六公里遠處，就有一個他所需要的天然蓄水湖，他在上空繞了一圈，發現有一處地方，只要他帶來的炸藥的一半，就可以炸出一個巨大的缺口，形成一個新的瀑布，沖瀉而下的水流，會使原來的河道之中河水驟漲，「鬼哭神號」瀑布就會出現。

白奇偉為一切都很順利而高興，自然，他知道，單是攀上峭壁去，安放炸藥，也還有許多工作要做。就算有天然的石縫，可供安放炸藥，一百公斤或更多的炸藥，也至少要分三次運上去。

他的心情十分高興，在最近距離中，他找了一處平坦的河灘，停下了直升機，然後，只舉起水壺喝了一口水，就先負了二十公斤炸藥，帶了簡單的攀山工具，向前進發。

為了炸開一個缺口，他需要攀上三十多公尺高，坡度十分陡峭的山壁。這自然難不倒他，而當他開始攀登，他就發現，山壁上有許多又深又寬的石縫，由於花崗岸中的石灰岩風化而出現的，石縫中，有小量的水，淙淙地滲出。

這種情形，不但說明了這座山壁的結構相當鬆，很容易被炸出一個大缺口，而且，還省了打石洞安放炸藥的手續，可以省不知多少事。

白奇偉感到自己的運氣出奇地好，雖然他的行動，在尋常人來說，還是十分艱苦，但是他輕鬆得甚至吹口哨。他在下午時分開始，到午夜，工作已完成了接近一半，他在河邊生了一堆篝火，烤煮着帶來的食物，然後又休息了一會。

那晚的月色相當好，他雙手交叉在腦後，背倚着一塊大石坐着，望着那座山壁。

正當他準備再坐一會，便去安裝最後一批炸藥之際，他陡然發出了一下呼叫聲，整個人，像裝了彈簧一樣，直跳了起來。

那山壁，他已上落了兩次，也揀定了最容易攀登的路線，在那路線上，有幾塊相當平整的、凸出的大石，他曾利用其中較高的那一塊來存身，把一綑一綑的烈性炸藥，塞進石縫中去。

照他的預算，炸藥一引爆，那塊大石以上的整個山壁，都會崩塌，瀑布形成，會挾着雷霆萬鈞之力，向下游沖去。在那塊大石上，他還帶上去了雷管和遙控的引爆裝置。本來，如果是按照正常的工作程序，引爆裝置應該最後才安裝。

但這裏深山野嶺，一個人也沒有，先後沒有什麼關係，他在第二次攀上山壁去的時候，順手帶上去。

可是，如今就在那塊大石之上，卻站着一個人。

那人是怎麼出現的，事先一點迹象也沒有，但就在他一眨眼之間，就清清楚楚看到有一個人站在那裏。

白奇偉這時所在的位置，和那塊大石之間，如果連一條直線，距離大約是八百公尺左右。

所以，儘管月色溶溶，可是要在那樣距離之中，看清楚那是什麼樣的一個人，還是不可能。

白奇偉真是驚駭莫名，一躍而起，至少有半分鐘，呆立不動，然後，他又跳了一下，奔向直升機，準備去取望遠鏡來，看個究竟。然而他才奔出了兩步，山壁石塊上的那個人，冉冉轉了一個身，衣袂揚起，長髮飛飄，使白奇偉可以認得出，那是一個穿着長衣的女人！

那個神秘女人！

白奇偉絕對可以肯定：山壁石塊上的女人，就是那個令得他雖然不肯承認，但連別人也可以看得出他失魂落魄的那個神秘女人！

白奇偉陡然停住，從遠距離看來，那女人挺立着，姿態飄逸，有一股難以形容的美感，和上次在那山洞之中，白奇偉面光，朦朧看到她的時候一樣。

這時，他反而不想去拿望遠鏡了，當然，如果有望遠鏡在手，他可以把那個女人看得十分仔細，但是，何必將她看得那麼仔細呢？看仔細了，又有什麼好處呢？

白奇偉生性浪漫，這時，浪漫情懷大發，只是盯着山壁大石上的那個女人，心中浮起的形容是仙女！

他感到，那是突然出現的仙女，不然，怎會那樣神秘，而體態又那樣曼妙！既然他的心中有了仙女的感覺，仙女是不能褻瀆的，又怎可以用望遠鏡去細細觀察仙女的眉毛是屬於哪一型？

白奇偉沉浸在他自己浪漫的想像之中，感到了一股異樣的滿足。他看到了那女人在大石上站了一會，然後俯下身子，看起來像是在觀察他留在石塊上的雷管和引爆裝置。

直到這時，白奇偉才從夢境般的幻想醒過來，回到了現實世界，他不由自主地叫了起來：「別去碰那些東西，那是危險的爆炸品！」

他和那女人相隔相當遠，不論他如何叫喊，對方實在無法聽得到，他看到了那女人又直起身子，手上好像多了一件什麼東西。

本來，白奇偉準備完成了一切裝置，登上直升機，在直升機到了安全的範圍，才從直升機上的控制鈕，遙遠控制，引爆所有炸藥的。

這時，那女人手中拿着的是什麼呢？是引爆用的雷管！他用的一種稱之為「瞬發雷管」，那是極度危險，十分容易因為輕微的震盪而引起猛烈爆炸的危險物品！

白奇偉感到自己的叫聲對方可能聽不見，這時候，關於仙女美麗的想像，全被雷管可能突然爆炸的恐懼所掩蓋。

他如果奔向山壁，攀上去，那至少需要一小時，在一小時長的時間中，在一個正在把玩着雷管的女人身上，可能發生任何事情！

白奇偉又大叫了一聲：「別碰那些東西！」

他一面叫，一面已向直升機奔過去，在剎那間，他已有了主意，他發動直升機，向那山壁飛去，一面利用直升機上的擴音設備警告，那麼，在五分鐘之內，就可以達到警告目的。

他連滾帶爬，進了機艙，他在駕駛位上坐下來，喘着氣，準備去發動引擎，才發現通訊儀上，一盞小紅燈，不斷在閃着，這表示有緊急通訊，必須立時打開通訊儀來接收信息。

白奇偉在那時，只顧到大石上那女人的安全，任何緊急通訊，都不會引起他的興趣，所以他根本不作理會，只是在發動之前，又抬頭向那塊大石上，望了一眼。

一看之下，他又怔住了。

他看到那女人還在，伸出一隻手，看來是直指着直升機，在她那隻伸向前的手中，有紅光一閃一閃，閃動的頻率，和通訊儀上的緊急信號燈，一模一樣。

白奇偉心中陡然一動，下意識地感到，那神秘女人要和他通話。

雖然他在那一剎間，也曾想到過，站在山壁凸出的大石上，如何能通話呢？除非她隨身攜帶着無線電通訊儀！但是白奇偉還是立即打開了通訊儀，小心地旋轉着調整頻率的鈕掣。

突然之間，他的手，像是觸電一樣，離開了掣鈕，因為他陡然聽到了一下低低的嘆息聲，自通訊儀的傳音裝置之中，傳了出來。

那是他極熟悉的嘆息聲，充滿了無可奈何的嘆息，發出嘆息聲的人，心中不知有着多麼深沉的鬱悶，甚至不想號哭，只是幽幽地、默默地嘆息。

白奇偉不由自主，也跟着發出了一下嘆息聲。他自然無法知道那神秘女人，為什麼要嘆息，因為他甚至不明白他自己為什麼要嘆息。

然後，他聽到了那動聽的聲音，語調之中，帶着幾分責備的意味，但是絕不嚴厲，反而使人有一種十分親切的感覺，而且，照例以一下輕嘆作為開始：「唉，你想幹什麼？」白奇偉像是一個做了壞事的小孩子，在一個明知不會責備他的人在問他做過了什麼一樣，半秒鐘也沒有考慮，就把他在做的事，講了出來：「我想利用猛烈的爆炸，使鬼哭瀑布再出現。」

悦耳的聲音中有着訝異：「為什麼？」

白奇偉道：「在瀑布出現之後，就會聽到那種……號哭呼叫的聲音。」

聲音靜了極短的時間，令得白奇偉十分緊張，以為對話就此結束了，但聲音隨即再以嘆息開始：「更不明白，我絕不相信有人聽到過這種聲音之後，會想再聽一遍。」

白奇偉搖着頭：「我絕不願意再聽一次那種可怕的聲音，但是我認為，在聲音出現之後，你會再出現，我就可以再看到你。」

優雅的聲音發出了「啊」地一下低呼聲，像是對白奇偉的回答感到極度的意外，然後又問：「你為什麼要再見我？」

這一下，輪到白奇偉停頓片刻了，因為他實在不知道如何回答才好，停了一停，他才道：「只是想見你，上次，我追出山洞，你已經不見，我在附近到處找你，停留了很久，都見不着你，所以才想出這個辦法來。」

又是一下低嘆聲：「我知道，我以為你離開之後，就不會再來了。」

白奇偉陡然激動起來，激情爆發如少年：「會的，當然會，為了再見你，我會做任何事。」

聲音中又有了訝異，但只是一下接一下的低嘆和低呼，然後才是語聲：「這……很不合理吧，我是什麼樣子，你都不知道。」

白奇偉道：「人和人之間的感情，本來就是沒有道理可說。」

白奇偉一面對着通訊儀說話，一面是一直盯着石塊上那女人的，這時，他看到那女人身子轉動着，而又不再有她的聲音傳過來，白奇偉發起急來，大聲叫：「你停在那裏別動，我駕機上來接你。」

聲音顯得驚惶而不知所措：「不，請不要，唉，請不要。」

白奇偉的手指，已經按在啟動鈕上，儘管他也可以判斷出，對方的拒絕不堅決，而是猶豫的，可是他還是不忍違拗對方或許還不到一半的拒意。他看到，石塊上那女人，在無意識地揮着手，那是她心緒十分亂的表示。她為什麼拒絕和自己見面呢？白奇偉心中想。那麼神秘的一個女人，甚至使人錯認為仙女，是不是有着什麼隱秘，以至她不肯和人相見？

想到這裏，他雖然沒有答案，但是已有了主意：「其實，我早已用望遠鏡把你看得清清楚楚了，只不過想靠得你更近一點。」

他這樣講了之後，立即有點後悔，尤其當他聽到有一下低低的驚呼聲傳來，更加後悔，不過她的聲音還是十分平靜悅耳：「看清楚了我，也沒有什麼關係，我的樣子不至於駭人。」

白奇偉一聽，大喜過望，幾乎連聲音也為之發顫：「你是說，我真可以看看你？我其實還未曾看過你。」

只是一下低嘆聲，沒有應允，也沒有拒絕。白奇偉深深吸了一口氣，取出望遠鏡，湊向眼前，開始時，由於他手震動得很厲害，根本找不到目標，看出去，全是那山壁上嶙峋的石塊。

但沒有多久，他已經看到了，先看到的是那女人一身淡灰白色的衣服，在微微飄動，那不知是什麼式樣，看起來像是古羅馬時的衣服，十分輕柔。然後，他看到了那女人。

白奇偉只覺得自己心跳加劇，可是同時又有全身血液都為之凝結的感覺。

他看到了一張出奇傷感的臉。

自然，那女人極之美麗。可是，在她美麗的臉龐上所流露出來的那種傷感，卻掩蓋了她的美麗，使人震驚於那種難以形容，流露在她眼神中，神情上，那種無可捉摸，輕淡得幾乎不存在，但又濃烈得使人一眼就可以感受得到的哀傷。

那女人的年紀，大約是二十五歲到三十歲，月色下看來，臉色十分蒼白。眼珠是一種神秘的淺灰色，白奇偉一時之間，說不上她是什麼地方的人。事實上，他那時根本未曾想到這個問題，他一看到那女郎，整個心神，就被那女郎的美麗臉龐上的哀傷所吸引，心中只在問：「為什麼你會那樣哀傷？」

他心中反複地問，口中不自覺地低唸出來，他立時聽到了女郎的回答，先是一下輕嘆（啊啊，她輕嘆的時候，唇型是多麼動人），然後是悅耳輕柔的聲音（她說話時，若隱若現的牙齒，是多麼整齊潔白）：「我哀傷？我自己並不十分覺得……或許是沒有什麼值得高興的緣故吧，所以……」

白奇偉像癡了一樣，忽然之間言不及義起來：「笑一笑，像你那樣美麗的女郎，一定會笑的，笑一下，你笑起來，一定更美麗。」

× × ×

（當白奇偉事後向我和白素敘述經過，講到這裏的時候，我心中已經咕嚕了幾十遍：白奇偉啊白奇偉，你這是幹什麼？你以為自己是少年人嗎？還是忽然間想做一個大情人？那鬼女人笑還是愁，有什麼關係？快問她是什麼人，從哪裏來的，和那些慘叫聲有什麼關係，快問啊，她會突然出現，也會突然消失，你這傻瓜，快問！）

（由於白素聽得十分入神，而且十分欣賞，所以我只是在心中咕嚕，並沒有出聲。）

（事後，白素狠狠地埋怨我一頓：「你這人，什麼都好，就是一點浪漫情懷都沒有。」）

（我直跳了起來：「我沒有，白小姐，想當年是怎麼出生入死為了要和你在一起？事情總得有個輕重緩急。」）

（白素的神情變得甜蜜，自然是回想起當年的情形，不過她還是嘆了一聲：「各人有各人表示愛情的方式，大哥認為這時，看到那女郎的笑容，比知道她的秘密更重要，為什麼要怪他？」

（我道：「當然要怪他。」）

（當然要怪白奇偉！是有原因的。我和白素這一段對話，是事後又事後的事，發生的事還未曾敘述，所以對話也只好先記錄到此為止，下半截，在適當的時刻，再加插進來。）

× × ×

女郎聽到了白奇偉的要求，非但不笑，反倒蹙了蹙眉，神情看來更是動人：「人類，不是在高興的時候才笑的嗎？」

白奇偉忙道：「是啊，難道你連一點點高興的感覺都沒有？」

那女郎現出了笑容來，淺淡到了極點，但毫無疑問，那是一個燦然的笑容，看得白奇偉心曠神怡。那女郎一面笑，一面道：「是的，總有點高興事，能和你說話，就值得高興。」

白奇偉一聽，興奮得幾乎昏過去，身子向後，仰了一仰，在那一仰間，望遠鏡自然離開了他，他忙又把望遠鏡湊向前，可是，就在這不到半秒鐘時間內，石塊上那女郎消失了。

白奇偉陡然震動，開始時還以為找錯了石塊，可是石塊上的雷管和引爆裝置全在，他心跳加劇，不由自主叫了起來：「你到哪裏去了？」

通訊儀的傳音裝置，傳來了一下長嘆聲：「我到哪裏去了，你不會知道，我和你是全然不同的兩種人，你不必再炸山，就算瀑布出現，也不會有任何聲音，我當然不會因此而出現，我已經下定了決心，要去做一件事，很希望以後能再和你談話，人類的生活中，總多少還有歡樂，你說得對。」

白奇偉像癡了一樣地聽着，等到聲音寂然，他又大叫了起來，不但叫着，而且駕着直升機，直飛向山壁，飛到那塊大石之上去，尋找着那個女郎。他一直駕着直升機在飛，飛到了燃料告罄，逼降在河灘上，然後，他又發了瘋一樣，攀上了山壁，站在那塊大石上，叫到再也發不出聲，才不得已停了下來。

白奇偉在進行這種我稱之為「幼稚之極」而白素認為是「浪漫非凡」的行動時，正是阿尼密在三天之後，午夜之前來到的同時。

特別指出這一點，是時間的吻合，相當重要，看下去，自然會明白。

第八部

召靈之後的可怕經歷

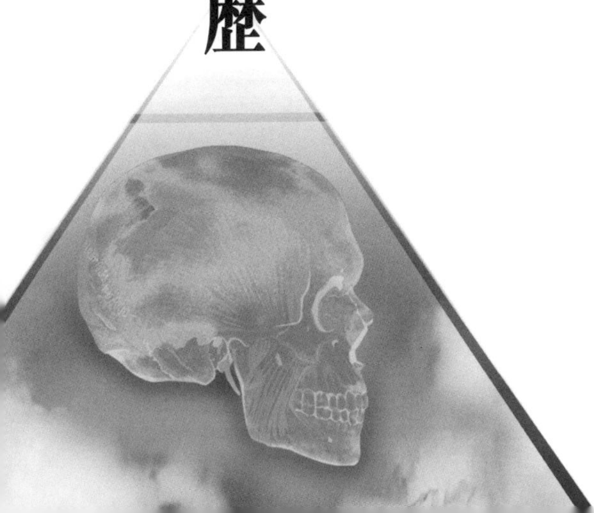

阿尼密在午夜之前十分鐘來到，走進來時，一言不發，極其疲乏，好像在和我們分手之後，他根本未曾休息過。

阿尼密一進來就問什麼地方比較適合，我把他帶進書房，關上門，書房中只有我、白素和他三個人，他呆了片刻，才道：「對不起，這三天之中，我做的事是：請別的靈魂，代我去告訴那些靈魂，你們要和它們接觸。」

阿尼密的話，乍一聽不容易聽明白，但明白前因的自然一聽就懂，他苦笑一下：「因為我真的沒有勇氣再和它們接觸一次。」

他一再提及自己沒有勇氣，這令得我和白素一方面十分同情他，一方面，也感到事態的嚴重。

阿尼密續道：「我雖然一生研究靈魂，但卻也從來不知道靈魂是用一種什麼方式存在着的，更不知道靈魂和靈魂之間，是不是像人和人之間，可以通過某種形式而使對方知道一些事，我只不過試着這樣做。」

我感到有點駭然，因為阿尼密的這種企圖，只怕是任何靈媒都未曾試過。

我道：「要……那麼久？」

阿尼密道：「我預算三天，若是三天不成，那就是說再也不會成功了。」

我和白素齊聲道：「那……你成功了？」

阿尼密緩緩地點了點頭，我忙道：「請恕我好奇，其間的經過情形怎樣？」

阿尼密像是早已料到我有此一問一樣，想都不想就道：「我說過了，我和別的靈媒不一樣，我只是憑我的直覺，而直覺，沒有法子用語言表達解釋得清楚。」

我無法反駁他的話，他引用了「道可道非常道」的邏輯，誰能駁得倒他？我只好道：「那我們應該怎麼做？」

阿尼密道：「那些靈魂，已答應邀請，和你們溝通，不過我在最後關頭，再對你們說一次，那實在不是有趣的事，現在決定放棄，還來得及。」

我和白素互望了一眼，都搖了搖頭，阿尼密深深吸了一口氣：「好，請閉上眼睛。」

我們立時閉上了眼睛，阿尼密熄了燈，發出一陣又一陣模模糊糊的聲音，那種單調的聲音，使人聽了之後昏昏欲睡。我剛在想：他在幹什麼，在對我們進行催眠？

我一面想着，一面略為挪動了一下，碰到了白素也正在挪動的手，我和白素兩人之間的默契，真是世間罕見，我們輕輕握住了手。我心中想，我對於催眠的抗拒力極強，阿尼密不可能將我催眠，然而，正在想着，思路卻已渾渾噩噩，已經進入了一種十分奇妙的境界。

然後，我們陡然被一下慘叫聲，震得整個人直彈跳起了來。

（事後，交換經歷，我和白素在那一段時間，所看到所聽到所感受到的，完全一樣，所以我敘述時，有時用「我」，但更多用「我們」。）

眼前一片黑暗，由於那一下慘叫聲實在太駭人，像是在地獄深處直冒出來一樣，衝破了厚厚的地殼，無邊的黑暗，充滿痛苦的慘叫聲冒出來。聽到的人，根本沒有任何機會去想一想自己原來是在什麼地方，如今又是在什麼地方，只是震驚於那一下如此尖厲，如此把人類整顆心都要挖出來一樣的慘叫聲！

眼前一片黑暗：我明明感到是一片黑暗，可是隨着那一下慘叫聲，我卻可以看到情景。是那些情景自己在發光，還是根本就有光亮，由於震驚，根本無暇去分別，而事後追想，也沒有答案。

我看到的情景，和在米端的蠟像館中看到的一樣，可是，陳列室中是靜態的，如今出現在眼前的情景，卻是動態的，我看了肌肉因忍受刺心的痛楚而在可怕的顫抖，我看到上眼皮被利刀割下來，掛在眼角上抖動着，而更令人幾乎整個人迸裂的，是那種撕心裂肺的慘叫聲，發自受難人的口，也像是本來就充塞在天地之間，實在超過人所能忍受的極限。

幾乎在一開始，我就想大叫：「行了，行了，我們不想再看到什麼了。」可是我卻一點聲音也發不出來，緊接着，連起這樣的念頭的機會都沒有，慘叫聲一下接一下，各種各樣的痛苦的呼號，配合着眼前一幕一幕的慘景，人頭落地的聲音，沒有了頭的頸子在冒血的咕咕聲，是那種慘叫聲的伴奏。

我唯一的知覺是，我緊握着白素的手，緊緊握着，這一點感覺，可以使我肯定白素在我的身邊——這極其重要，若不是這一點，我們極有可能再也支持不下去。

本來，我還天真地以為和那些靈魂的溝通過程，可以和他們有問有答，而實際上，當時除了發顫和冒汗之外，還能做些什麼？身上的每一個細胞，都給看到的和聽到的悲慘和痛苦所佔據了。

那種感受之可怕，不是文字言語所能形容，而且，不但是感受上的痛苦，簡直就是實實在在的痛苦：利刀割在肉上的痛楚，燒紅了鐵棒插進眼中的痛楚，閃亮的大刀斷開身軀的痛苦，硬木棍一下又一下重重打斷骨頭的痛楚……再加上心中感到的無比的冤屈悲憤：做了什麼，要受那樣的極刑，做了什麼啊！

忽然之間，一下又一下的「冤枉啊」叫聲傳來，我的身子，已在不由自主之間，緊緊地縮成了一團，像是自己要用盡力道把自己搾成肉漿。

眼睛早已閉上，可是睜開或閉上，結果一樣，種種景象，仍然清清楚楚地在眼前，腦部受到了刺激，就看到了東西。

不但看得到，而且一切都是那麼實在，鞭子抽在受難者的身上，皮開肉綻，鮮血四濺，血珠子灑開來，就可聞到那股血腥味和感到血珠子濺到了身上的那種溫熱和濕膩。那是真正的人血，（拿去化驗，不知道是什麼型？）本來應該在人的身體內運行的血，這時卻離開了它應該在的地方，四下飛濺着，用它閃耀的鮮紅色，訴說着人間的悲苦。

我幾乎已處在半昏迷的狀態，除了緊握着白素的手，我只能在心中聲嘶力竭地叫：「夠了夠了！我早知道自古至今，人間充滿了悲苦，早知道的，不必再讓我有更深一層的認識！」

可是一切仍然持續着，哀號呼哭聲，像鈍鋸一樣地鋸着我的每一根神經，我想，我已經不由自主，跟着那些呼號聲，一起大叫，我隱約可以聽到自己的呼叫聲，夾雜在其他人的叫聲中，一樣充滿了痛苦，而且雖然那是我的呼叫聲，可是連自己聽來，也一點都不像，只知道那是發自一個人的口中的聲音，人體的結構，竟然使人可以發出那麼充滿絕望、無告的哀號聲，這真叫人吃驚無助得全身發抖。

我真的無法再支持下去了，我心中十分明白，我無法支持下去了！可是，一切卻完全沒有停下來的趨勢，當一張因為痛苦而扭曲的臉，陡然趨近我；張開了他的口，他口中的牙齒，顯然因為被重物敲擊而全部脫落，血還在從牙根中湧出來，我知道這個人會在近距離發出呼叫聲，我也知道，這是我可以支持的最後極限。

就在這時，那張臉，雖然張大了口，可是卻並沒有發出聲音來。

所有的聲音全靜止了。

景象還在，但是所有的聲音全靜止了。

景象雖然仍是可怕，也令人震撼，可是那種可怕的號叫聲陡然靜止，我心靈上所能支持的極限，便大大推向前，我立即可以感到自己居然還在呼吸——在呼氣和吸氣，胸口一陣悶痛，剛才屏住了氣息一定已經很久，要不是聲音陡然靜止，只怕就會在不知不覺中窒息而亡。

× × ×

聲音突然靜止的時候，正是白奇偉聽到那神秘女郎說她下定決心，要去做一件事的時候。

這一點，相當重要，如果那神秘女郎遲幾分鐘作決定，我和白素，恐怕因為精神上再也難以支持得住，而變得神經錯亂，變成了不可藥救的瘋子。

詳細的情形，在下一部敘述。

× × ×

我不但感到了自己有了呼吸，也可以聽到白素的呼吸聲，當一切可怕的聲音消失，我們精神上所受的壓力，大大減輕。

我甚至已可以思索，明白這時眼前所見的情景，是一些曾經受過無比苦難的人的靈魂，在和我們接觸，它們要我們知道它們生前受苦難的情形。這種現象，看來和米端的陳列室的目的一樣。

目的是什麼？是想我們知道它們生前的苦難，僅僅是這樣？

我勉力集中精神，想向它們之中的任何一個，問一些問題，可是當我想要發問，我卻發現，根本問不出問題來？

真的，我問什麼才好呢？難道問「你們好嗎？」又難道問「你們那麼痛苦，我能幫助你們嗎？」

面對着那麼痛苦的一群，所有的一切，都多餘無助，我該說什麼好呢？

我不知如何把我的想法傳達出去，突然所有景象全都消失，眼前一片黑暗，再接着，黑暗不再如此之濃，在朦朧之中，又可以看到一些東西，而且所看到的東西，都是我所熟悉的：我在自己的書房！

當然，我也立刻看到了白素，我們的手仍然緊握着。和白素在一起，我們經歷過不知多少凶險，可是我從來也未曾見過白素像現在這個樣子！

她全身都水淋淋的，像是才被大雨淋過，臉色蒼白，連口唇都一點血色也沒有，有幾綹頭髮，因為濕了而貼在臉上，髮梢還有水珠在滴下來。我望着她，她也望着我，這時，我才感到，我自己也濕透了，鼻尖上有水珠滴下，我不自覺地伸出舌頭來舐了舐，那不是水珠子，是汗珠，是我們體內流出來的汗！

接着，我們喘着氣，而且動作一致，突然緊緊抱在一起，都不必說什麼，都因為剛才的經歷而心有餘悸，都知道在剛才那可怕經歷中，如果不是和對方在一起，只是自己一個人，那決計支持不到底！

這時，我們的思緒，完全恢復了正常，同時想起，難怪阿尼密再也不肯有一次相同的經歷，就算我們兩人在一起，真的，也不敢再試一次了！

我們分開來，看到阿尼密拉開了門，正準備向外走去，我忙叫住了他，他站在門口，並不轉過身來：「你們經歷過了！」

我清了清喉嚨：「經歷過了，可是……它們的目的是什麼？」

阿尼密仍然背對着我：「我不知道，沒有機會問，我相信你也沒有機會！」

我苦笑了一下，阿尼密道：「是不是要再使他們和你接觸一次，使你有機會可以問？」

我和白素震動了一下，齊聲道：「不！不！」

白素又補充了一句：「唉，陰陽幽冥的阻隔，還是不要硬去突破的好！」

阿尼密發出一下長嘆聲，沒有說什麼，過了片刻，他才道：「兩位，應該可以知道為什麼在那個晚上之後，我就再也沒有夜探蠟像館的勇氣了吧。」

我嘆了一聲：「別說夜探了，連白天我敢不敢去，都有疑問。」

阿尼密又道：「我只對靈魂這方面的事有興趣，這些靈魂，多過蠟像館中所見的不知多少倍，可以肯定，全受盡了苦難……它們難道一直在這樣的痛苦狀況下存在？這實在……太可怕了，這……是一種什麼樣的刑罰？真是……」

阿尼密的聲音有點顫，這真是一想起來就使人不寒而慄的事。

白素問：「那位陳先生，後來你沒有見過？」

阿尼密道：「沒有，不過他曾說這蠟像館一定有古怪，他非去探索明白不可，至於他會用什麼方法去探索，我就不清楚了。」

（陳長青用的方法，後來證明完全錯誤，不過在他探索的過程，卻另有奇遇。與這故事無關，是另外一個故事。）

阿尼密講完了之後，又長嘆了一聲：「告辭了。」

他向門外走去，我們望着他又高又瘦的背影下了樓，由他自己打開門，走了。

我實在想留他下來，可是又想不出我們之間還有什麼可以討論，阿尼密也沒有再停留的意思，向外走去，我看着他瘦長的身形下了樓，走了。

我和白素又互望了一眼，白素嘆了一聲：「先喝點水吧，我們……」

她一面說，一面伸手在我臉上抹了一下，抹下了不少汗珠來。

我們花了大約半小時，使自己的身體補充水分，換了衣服，然後，又各自喝了一點酒，等到思緒和身體，都恢復了正常，才一起坐下。

回想起剛才的經歷，自然猶有餘悸，我先開口：「我們剛才的經歷……為什麼它們，那些曾受苦難、悲憤絕望的靈魂，要我們經歷這些？」

白素遲疑了一下：「不知道，或許，它們的目的，和米端之設立蠟像館一樣？把景象呈現在我們面前？」

我也曾想到過這一點，可是，那樣做，究竟是為了什麼呢？

第九部

米端和那神秘女郎的出現

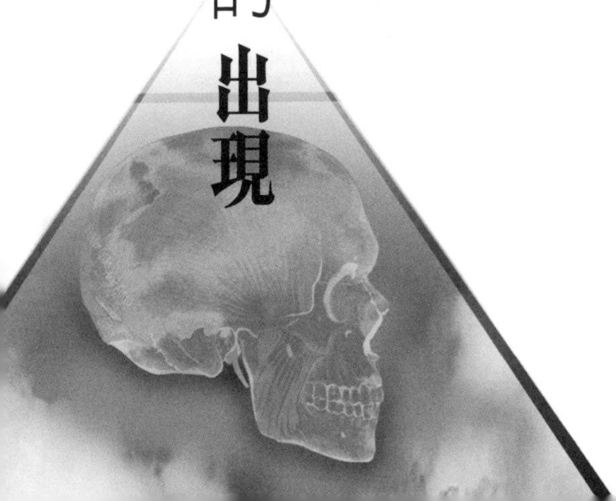

看看時間，已經是凌晨三時了，我們都沒有睡意，正在相對默然間，門鈴聲又響了起來。

我和白素互望了一眼，都想不出什麼人會在這時候來探訪我們，難道是阿尼密去而復轉？

我急急下樓去開門，門一打開，我整個人都呆住了，張大了口，又驚又喜，一時之間，雙手揮動着，不知如何才好。

白素也下樓來了，她看到我這樣子，也呆了一呆：「請客人進來啊。」

我如夢初醒，連聲道：「自然自然。」

一面說，一面我疾伸手，抓住了門外那人的手腕，生怕他逃走。我的神態有點反常，可是當我一閃身，白素也可以看到門外的是什麼人，她也不禁「啊」地一聲，叫了起來。她也認出了門外的那人。

米端，門外那人是米端！

我一直抓住了他的手腕，幾乎是把他拖進來的，同時，向白素使了一個眼色，白素忙過去把門關上，我這才把他的手腕鬆了開來。

米端苦笑了一下道：「我既然來了，就不會走，你不必這……這樣。」

我有點不好意思：「真對不起，實在是……實在是和你分開之後，雖然只不過幾天，可是其間的經歷，實在太多，所以你一出現，真的，怕你突然又不見。」

白素向我笑了一下：「其實，你把他綁起來也沒有用，我看米端先生至少會『乾坤大挪移法』。」

米端有點訝異：「這是什麼，我沒聽說過。」

白素沉聲道：「時間和空間的大轉移，這就是中國古代的所謂『乾坤大挪移法』，可以隨便改變時間和空間的一種方法。」

當白素在那樣說的時候，我盯着米端看，米端的神色略變了一下，等白素講完，他才道：「我還以為不會有人知道這一點。」

他這樣說，等於是他承認了他確然有隨意作時空轉移的能力了。

真正證明了這一點，和推測得到這一個結論，在感覺上大不相同，一時之間，我也不禁張大了口，說不出話。

首先我想到的是：米端是什麼人？何以他會有那種不可思議的力量？

白素把這種能力稱之為「乾坤大挪移法」，自然貼切，問題是：他，米端，何以有這種力量？

我的許多問題還未曾來得及發問，米端已喃喃地道：「人類的能力，超乎想像，有一個人，就有本事和靈魂溝通，雖然絕大多數人連靈魂的存在都不信，但一樣有人有那麼超卓的能力。」

我總算迸出了一個問題來：「你就是一個有超卓能力的人？」

米端卻沒有直接回答我這個問題，只是望着我：「衛先生，你還記得那天我說過，我會要求你的幫助？」

我道：「當然記得，可是你那樣神通廣大，甚至可以把三十年前的一場大火，挪到任何時間去發生，我不知道還有什麼可以幫助你之處。」

米端又苦笑了一下：「我不是要你幫我做什麼，而只是要你做一件事，幫我作一個決定。」

米端在這樣說的時候，神情十分猶豫，我心中充滿了疑惑，他又向白素望了一眼：「也要請衛夫人提供一些意見。」

我作了一個手勢：「當然，先要我們知道，那是一件什麼樣的事。」

米端想了一想，我拿起一瓶酒來，向他晃了晃，他搖着頭，表示不要，然後，他才道：「像蠟像館中陳列的那些景象……像你們剛才……和一些靈魂接觸時見到的情形，這種事……」

他講到這裏，我實在忍不住：「你怎麼知道我們剛才曾和靈魂接觸過？」

米端只是皺了皺眉，沒有回答，白素輕輕碰了我一下：「你怎麼啦？米先生自然是有本事知道，別再打斷米先生的話了。」

我用詢問的目光向白素望去，白素卻不理會我。米端吸了一口氣：「這種事，在人類歷史上，不斷在發生着！」

對這個問題，根本是不必考慮，就可以有答案：「是，不斷在發生，最近……看了那些景象，我多少能想像著名的賀將軍，在被折磨到了餓死之前，是什麼樣的悲慘情形。」

米端嘆了一聲：「既然這些事，有很多在歷史上，都有着明明白白的記載，為什麼還要一直重複又重複，不斷地發生下去？」

這個問題，就難回答得多了，我搖頭：「或者，這是人類的劣根性所致。」

米端倒沒有深究下去，又問：「人類的劣根性，若是有那麼多文字記載都不能使之有絲毫改善，將之轉換一個方式來表達，會達到改善的目的嗎？譬如說，把當時的慘情活現在人類眼前，會有改善嗎？」

我又怔了一怔，白素已經道：「人類有劣根性，但是也有人性美好的一面，人性十分複雜，真正只有劣性的，畢竟是少數，而這些少數，往往佔極大的優勢，而能為所欲為，我想，不論用什麼方法，都不能使這些人改變，而絕大多數人，不必改變什麼。」

米端用心地聽着，等白素說完了，他吁了一口氣：「這正是我的意思。」

就在這時，又一樁怪不可言的事發生了，我們突然聽到了一個十分柔軟動聽的女人聲音：「我也是這個意思，所以，我已經停止執行了。」

這聲音清清楚楚地傳入我們的耳中，可是，非但看不見發聲的人，連聲音是從哪一方向傳來，也無法確認。

米端有點不高興：「你這樣……未免……」

那悅耳動聽的聲音，陡然發出了一下嘆息聲：「你以為衛先生和衛夫人還不知道我們的身分嗎？何必掩掩遮遮，讓人笑話。」

一聽得那聲音這樣說，我陡然震動，立時向白素望去，知道白素比我早明白，我是直到此才明白，當白素提及「乾坤大挪移法」之際，她已經明白了。

人類對時間和空間，只建立起一個模糊的概念，米端已經有能力輕而易舉地轉移時間和空間，他不是地球人，這還不明白嗎？

白素微笑：「其實，你們真正的身分，我還是不很明白，只不過猜想，你們來到地球，一定是有特殊任務？」

我雖然一時間不明白，但是並不是腦筋不靈活的人，這時，在一剎間，我聯想起很多事來，忙道：「為什麼只聞其聲，不見其人？人還在南美洲嗎？」

那悅耳動聽的女聲又低嘆：「南美洲和這裏，有什麼不同？人類的觀念，真是執著。」

隨着語聲，一陣柔和的光芒閃耀，已看到了一個女郎，出現在我們的面前，她蹙着眉，有一股說不出來的幽怨神情，那是一個極美麗的女郎。米端站了起來，又坐了下去，神情之間仍然十分不以為然：「你停止執行了？不再讓人類聽到那種發自他們同類的悲痛的聲音？」我想問什麼，可是白素拉了我一下，示意我別出聲，聽她和米端的對話。

那女郎道：「是，我認為那沒有用。長期以來，我們一直在執行任務，可是人類的行為有什麼改變？在這些事發生時，導致這類事發生的人，心裏就明白得很，可是還是一樣這樣做，一樣要將無窮無盡的苦難，加在別人的身上，現在，重複現出這種情景，能使人性壞的一面有什麼改善？」

米端苦笑：「我何嘗不知道，可是對那些冤魂……怎麼交代？」

這時，我心中的疑惑，真是臻於極點，但白素堅決不讓我出聲，我只好忍着。

那女郎又嘆了一聲：「那麼……靈魂，唉，它們……它們，唉……」她連連嘆息着，顯然也不知道該如何才好。

這時，出乎意料之外，白素忽然道：「那些靈魂，應該請它們把在生時的痛苦告一段落，和普通人的靈魂進行同一個程序去轉變。」

那女郎忙道：「對，就應該這樣。」

米端道：「唉，我相信不會有用，它們怎肯聽從？」

這時，一共是四個人，他們三個人在講話，我只好像傻瓜一樣翻着眼，我只有極不可捉摸的一些概念，根本無法用明確的語言表達。

那女郎道：「至少可以告訴它們，我們做了，但是沒有用，而且，邪惡的人性，根深柢固，決不是那麼容易糾正，我看，人類根本就是那樣子的。」

那女郎又道：「發生在它們生前的事，還會世世代代發生下去，我要回去建議，我們以後再也不必受理這種投訴了。」

聽到這裏，我再也忍不住，陡然大叫了起來：「你們在說什麼！投訴，誰向你們投訴？那些悲冤而死的人的靈魂？你們又屬於什麼法庭，竟然可以接受靈魂的投訴？」

那女郎和米端向我望來，有愕然的神情。

這時，白素的聲音，堅決而明晰地傳入我的耳中，她只說了兩個字：「天庭。」

白素的聲音並不是很高，可是這「天庭」兩個字，就像是兩個焦雷，令得我陡然震動。

天庭，是的，當然是天庭，天上的法庭！

（「天庭」作為一個名詞，自然有另外的意思，但白素這時所說的天庭，一定就是天上法庭的意思，不可能再是別的。）

（受盡了冤屈苦難的靈魂，在地球上、在人間已經無處可去投訴它們的冤屈，只好向天庭去投訴。）

（假設靈魂是一種能量，能量不斷向宇宙深處發射，終於被宇宙某處的一種高級生物接收了能量的信號，而且翻譯出來，那麼，它們的冤屈，就為「上天」所知，就會有某種不可思議的力量，幫助它們。）

我一面迅疾地想着，一面向白素投以會意的眼色。

那女郎嘆了一聲，米端神情也有點苦澀：「對人類來說，我們可以算是

『天庭』，我們了解它們的痛苦，可是我們的能力也有限得很，早期，在天上弄些異象出來，還能叫一些人稍為收斂，後來，在地球上製造一些災變，受害的還不是無辜的人？又不能老是在六月大熱天下雪……」

我聽到這裏，更加傻了。

（啊啊，竇娥蒙冤，六月飛雪！）

白素的感覺一定和我差不多，她也在發怔。

米端嘆了一聲：「辦法倒是我們想出來的，把那些苦難活現在人的眼前，在想像之中，應該可以使人覺悟，不應該發生這樣的事，可是其勢不可大規模的舉行，而事實已經證明，雖然看到的人都感到震動，但實際上，對於這類事的減少，一點作用也沒有。」

那女郎又低嘆了一聲：「把形象和聲音分開來，避免造成太大的震撼，也是我們的主意，我和他……」她指了指米端：「分開來掌管，我們知道，若是聲、象合一，人類經不起。」

我忙道：「是，真是經受不起。」

米端也嘆了一聲：「我們也和那些靈魂接觸過，要它們盡力去影響那些苦難事件的製造者，可是一樣沒有用處。」

米端又道：「人類創造出了一個名詞：夢。有過這種接觸經歷的人，只將經歷當成一場夢，夢過了，他們依然故我，一點也不受影響！」

我遲疑地道：「一點用處也沒有？」

米端道：「是啊，這樣的事，一直在持續着！畢竟，使人類遭受那麼多苦難的，也是人類，並不是我們這些外星怪物。奇怪的是，人類一直在假設外星怪物會如何如何虐待奴役人類，卻不去想一想，人類的大敵人，來自人類本身！」

我和白素聽着這個「外星怪物」這種肆無忌憚地批評人類，自然想反駁幾句，可是我們卻說不出什麼來，因為他講的話，無可反駁。

那女郎又是一聲輕嘆：「人類，真奇怪，單一來說，最大的敵人就是他自己，整個來說，殘害人類的力量，也來自人類自己。」

我和白素只好苦笑，那女郎長嘆一聲：「這些日子來，我一直掌握那種可怕的聲音，你看我，是不是和以前大不相同了！」

她的這句話是問米端的，米端道：「自然不同，以前，你很少嘆氣，也不那麼憂鬱，看來是那些痛苦的呼號聲影響了你！」

那女郎再嘆一聲：「你還不是一樣，以前你何嘗有什麼痛苦的神情！」

米端喃喃地道：「這種……受難的景象，時時要在眼前出現，時間久了誰心中會高興？」

那女郎道：「是啊，我們應該放棄了，由得人類自己去處理！人類不是有一句話，說是清官難審家務事！看來，我們也無法令地球人有任何的改變，還是由得他們去吧，我們回去之後，還要向其他人說，再有這種悲憤不平的訊號來，也不必再理會了！」

米端不住點頭：「是的，或許人類就是那樣奇怪的生物，必須在不斷發生的苦難之中，才能一代一代延續生命，不然，他們也有很久歷史了，何以會不知改進，一直在這樣做！」

聽到這裏，我才柔弱無力地說一句：「不，不是的，人類不是你們想像那樣的，只不過……只不過……」

我本來是想為人辯護幾句的，可是話說到了一半，我卻無法再說得下去。

本來，我想說「只不過少數人，總是想令大多數人照他們的意志生活」，把責任推到少數人身上。但是我隨即想到，那只是少數人的責任嗎？如果絕大多數的人，根本不聽從，少數人又何能作惡呢？少數人能作惡，自然是多數人本身也有弱點，懦怯和服從，難道可以算是人類的美德嗎？

沒有什麼話可以為人類的行為辯護！所以我沒有再說下去，只是苦澀地揮了揮手，神情十分頹喪。

米端和那女郎望向我，笑了一下，像是很同情我的處境，我用力一揮手，要把他們的同情揮開去，我承認人類有着根深柢固的劣性，但是總也不能說人類在這幾千年來，一點也沒有進步。雖然在地球上，至少還有三分之二的地方，不知道什麼叫人權，但總還有三分之一的地方，人人都知道了人權是怎麼一回事，像那種苦難，不會發生。

自然，進步不算很快，但總是在進步，誰要他們用這種同情的眼光望着我？

由於他們惹起了我的反感，所以當米端說了一句什麼，我未曾聽得很清楚，只聽到他最後在問：「你是不是想學？」

我連考慮也沒有考慮，就道：「不想，絕對不想！」

在說了之後，我發現白素的神情十分訝異，才想到他要我學什麼，我都未曾聽清楚，就拒絕了。但是話已經說出口，自然也無法更改。

白素嘆了一聲：「劉巨因為你的時空轉移，而燒死在建築物中了。」

米端笑：「我害他幹什麼？他一衝進火窟來，我就把他轉移了，為了懲戒他對我的無禮，我把他轉移到一個小小的沙漠中，他要吃幾天苦，才能離開，如果他再來找你們，就不妨對他說說事實的真相，不過他可能不會相信。」

我悶哼一聲：「他一早就發現了那些是真人，請問，那些受難者的靈魂是不是一直在苦痛之中，他們身受的痛楚，也一直在持續着？」

米端和那女郎，發出了齊聲一嘆：「那是它們自己的選擇，它們可以和人類其他的靈魂一樣，通過某一種程序，而把生前的苦痛，完全洗掉，可是它們不願意，我相信，我們決定放棄不理，它們一定還會不斷向宇宙深處發射能量，繼續尋找天庭去申訴它們的冤屈，或許，會有比我們更強而有力的人，接受它們的申訴，為它們出頭，用強而有力的方法來使人類改變。」

白素的聲音乾澀：「或許，但是我寧願人類不斷通過歷史教訓，自己改變自己。」

米端和那女郎，都做了一個無可無不可的手勢，那女郎的確十分美麗動人，我道：「問你一個不是很禮貌的問題，現在我看到的，是你們原來的形體？」

米端和那女郎一起搖着頭，那女郎道：「人類的形狀，完全由環境決定，在地球上最高級的生物，只能是人，為了適應地球的生活環境，我們自然也要和人一樣。」

我有點駭然，道：「那你們……。」

米端笑着：「是的，不但會乾坤大挪移法，還會七十二般變化。」

我有點瞠目結舌，他們的能力，究竟大到了什麼程度？他們的科學文明，究竟和我們相距多遠？

我想問他們，忽然又感到了一陣悲哀：問這些又有什麼用？

他們的精神文明，毫無疑問，高過人類不知多少倍。或許，當人類的精神文明進步到了和他們一樣，科學文明自然也一樣？

白素長長吁了一口氣：「只有一件事我不明白，為什麼我們連夜造訪，閣下要把蠟像館毀去？」

米端苦笑了一下：「我也早就預備放棄了，如果我再這樣下去，痛苦的感染會愈來愈深，所以我不想你們知道真相，要是繼續下去，我有被判刑的感覺，這十分可怕。」

白素諒解地點了點頭。米端和那女郎，一起作了一個相當古怪、不明所以的手勢，然後眼前陡然一花，一大蓬閃亮的光點，由聚而滅，他們兩個，蹤影不見了。

我和白素，足足呆了好幾分鐘，才定過神來。白素第一句話就說：「那個女郎，一定就是大哥對她大有好感的那個，見了大哥，千萬別提起她。」

我道：「為什麼？」

白素嘆道：「你又不是不知道大哥的脾氣，誰知道她是從哪一顆星星上下來的，何必令他白害相思病？」

我也嘆了一聲，同意了白素的提議。當天晚上，接下來的幾天，我們心情都極之不快，也都暗暗希望那些冤魂向宇宙深處發射的能量，可以得到更強有力的迴響和支持；但那自然只不過是希望，真正的過程怎樣，連想像也想像不出來。

人世間的痛苦，自然仍會持續的，一直持續到不知哪一年才會消失掉。

尾聲

白奇偉在七天之後又出現在我們家裏，顯著地消瘦。一見到我們，他就向我們說他如何看到了那位女神的經過。

他稱那女郎為「女神」，倒十分貼切，他哀傷地道：「她明明對我大有好感，為什麼不肯和我接近？」

這個問題，我們自然無法代答，所以只好沉默。他又嘆息着：「她，究竟是什麼身分，你們有什麼想法？」

白素溫柔地道：「就當她是女神吧，歷史上有很多出色的男人，都曾和女神有過短時間的、程度深淺不同的緣分。緣盡了也就分開，沒聽説過有誰可以把一個女神一直留在身邊。」

白奇偉聽了之後，悵然半晌：「她真美得和女神一樣，真的。」

我肚子裏咕噥了一句：「真是情人眼裏出西施，我見過，是很美，但也沒有美到這種程度。」

我一面想，一面向白素投以一個心滿意足的眼色，白素顯然知道我為什麼這樣做，側過臉去，不理會我。

白奇偉無精打采地住了幾天，就告辭離去，回到他的水壩工地去了。

又若干天之後，黃堂出差回來，我們才能把米端和那女郎出現的經過告訴他。

黃堂聽了之後，駭然道：「這……真是，再怎麼想，也想不到那些陳列室的人像，竟然……全是真的，我是說，想不到，就是他本人，時間空間大轉移，太不可思議了！而目的是想教育人類，嘿嘿，難怪他們要失敗。」

白素皺了皺眉道：「可是他們說的那些話，倒真是十分有理。」

我搖頭道：「算了，弄一批外星的教育家來，或是外星的人性維持隊來，我看人類只有更亂。」

黃堂着實感嘆了一陣才離去。等他走了之後，我們又閒談了一會，我忽然想起一件事來，問：「那天米端問我想不想學什麼，被我一口拒絕，我沒有聽清楚他前半句話，他要教我什麼？」

白素淡然道：「他說，時間和空間的轉移，其實十分簡單，像你這樣能力的人，一學就會，他問你想不想學。」

聽了白素的話，我的反應如何，想來也不必詳細描述了。

（全文完）

衛斯理小說典藏版　24

極刑

作　　者：　衛斯理（倪匡）
責任編輯：　蔡敦祺　黃敬安
封面設計：　李錦興
出　　版：　明窗出版社
發　　行：　明報出版社有限公司
　　　　　　香港柴灣嘉業街18號
　　　　　　明報工業中心A座15樓
電　　話：　2595 3215
傳　　真：　2898 2646
網　　址：　https://books.mingpao.com/
電子郵箱：　mpp@mingpao.com
版　　次：　二〇二二年七月初版
　　　　　　二〇二二年十月第二版
I S B N：　978-988-8688-70-8
承　　印：　美雅印刷製本有限公司